主編：陳大為、鍾怡雯

# 華文新詩百年選

中國大陸卷

壹

# 編輯體例

一、時間距度：以一九一八年為起點，到二〇一七年結束。

二、地理範圍：以臺灣、香港、馬華、中國大陸等四個創作質量較理想，而且學術研究成果已具規模的華文文學區域為編選範圍。歐美、新加坡等東南亞九國的華文文學，不在選文範圍內。

三、選文類別：以新詩、散文、短篇小說為主，在特殊情況下，節錄長篇小說當中足以反映全書敘事風格，而且情節相對獨立的章節。

四、編選形式：以單篇作品為單位，透過編年史的方式，讓不同時代作品依序登場，藉此建構一地文壇的百年文學發展脈絡。百年當中，總會有幾個時期的整體創作質量，或直接受到政治局勢左右，或受二戰的戰火波及，而導致嚴重的崩壞；但也總會有那麼幾個時代人才輩出，而且出版業興盛，每個「十年」（decade）的選文結果因此不盡相同，不過至少會有一兩篇重要的作品負責呈現那個「十年」的文學風貌，或文學浪潮。在此一理念下建構起來的百年文學地景，應該是相對完善的。

五、選稿門檻：所有入選作家必須正式出版過至少一部個人作品集，唯有發表於一九五〇年以前的部分單篇作品得以破例。

六、選稿基礎：主要選文來源，包括文學大系、年度選集、世代精選、個人文集、個人精選、期刊雜誌、文學副刊、數位文學平臺。至於作家及作品的得獎紀錄、譯本數量、銷售情況、點閱與按讚次數，皆不在評估之例。

七、作家國籍：華人作家在過去百年因國家形勢或個人因素，常有南遊北返，或遷徙他鄉的行述，部分作家甚至產生國籍上的變化。在分卷上，本書同時考慮「原國籍」、「新國籍」、「異地定居」、「長期旅居」等因素（不含異地出版），彈性處理，故某些作家的作品會分別出現在兩個地區的卷次。

目次

編輯體例 ——三
總序 華文文學・百年・選 陳大為・鍾怡雯 ——一一
中國大陸卷序 大爭之世 陳大為 ——一五

壹

1918 冬夜之公園 俞平伯 ——一九
1921 一個小農家的暮 劉半農 ——二一
1922 冬夜 廢名 ——二四
1922 給蜂鳴 李金髮 ——二五
1923 棄婦 李金髮 ——二六
1923 郵吻 劉大白 ——二七
1925 死水 聞一多 ——二九

| | | | |
|---|---|---|---|
| 1928 | 雨巷 | 戴望舒 | 三一 |
| 1928 | 再別康橋 | 徐志摩 | 三五 |
| 1928 | 北遊（選三） | 馮至 | 三八 |
| 1931 | 預言 | 何其芳 | 四五 |
| 1932 | 西長安街 | 卞之琳 | 四八 |
| 1933 | 我從 Café 中出來…… | 王獨清 | 五二 |
| 1934 | 答客問 | 臧克家 | 五四 |
| 1937 | 雪落在中國的土地上 | 艾青 | 五八 |
| 1938 | 成都，讓我把你搖醒 | 何其芳 | 六四 |
| 1939 | 防空洞裡的抒情詩 | 穆旦 | 六九 |
| 1940 | 曠野 | 艾青 | 七三 |
| 1941 | 空屋 | 吳興華 | 八〇 |
| 1941 | 讚美 | 穆旦 | 八二 |
| 1942 | 十四行集（選五） | 馮至 | 八七 |
| 1942 | 我用殘損的手掌 | 戴望舒 | 九三 |
| 1945 | 追物價的人 | 杜運燮 | 九五 |
| 1949 | 有的人——紀念魯迅有感 | 臧克家 | 九七 |

| | | | |
|---|---|---|---|
| 1956 | 登大雁塔 | 馮至 | 一〇〇 |
| 1968 | 荒庭 | 陳建華 | 一〇四 |
| 1968 | 野獸 | 黃翔 | 一〇六 |
| 1968 | 這是四點零八分的北京 | 郭路生 | 一〇八 |
| 1968 | 在茫茫的黑夜 | 啞默 | 一一一 |
| 1973 | 天空 | 芒克 | 一一四 |
| 1975 | 結局或開始——獻給遇羅克 | 北島 | 一一九 |
| 1976 | 宣告——獻給遇羅克 | 北島 | 一二五 |
| 1976 | 回答 | 北島 | 一二七 |
| 1976 | 聽說我老了 | 穆旦 | 一三〇 |
| 1978 | 祖國啊祖國 | 江河 | 一三二 |
| 1979 | 樹 | 杜運燮 | 一三三 |
| 1979 | 北京深秋的晚上 | 舒婷 | 一三七 |
| 1979 | 一代人 | 顧城 | 一四三 |
| 1981 | 大雁塔 | 楊煉 | 一四四 |
| 1981 | 我是一個任性的孩子 | 顧城 | 一五九 |
| 1981 | 在這寬大明亮的世界上 | 顧城 | 一六五 |

| | | | |
|---|---|---|---|
| 1981 | 是誰在說，黃昏 | 顧城 | ——一六七 |
| 1982 | 履歷 | 北島 | ——一七〇 |
| 1982 | 同謀 | 北島 | ——一七三 |
| 1982 | 古鎮 | 王小龍 | ——一七五 |
| 1982 | 廢園 | 王小龍 | ——一七七 |
| 1982 | 我要編一只小船 | 顧城 | ——一七九 |
| 1983 | 中國門牌：一九八三 | 宋琳 | ——一八四 |
| 1983 | 策馬行在雨中的草原 | 周濤 | ——一八八 |
| 1983 | 有關大雁塔 | 韓東 | ——一九一 |
| 1984 | 悄悄咖啡館 | 王小龍 | ——一九三 |
| 1984 | 中文系 | 李亞偉 | ——一九六 |
| 1984 | 蘇東坡和他的朋友們 | 李亞偉 | ——二〇五 |
| 1984 | 靈魂之舞 | 阿來 | ——二〇八 |
| 1984 | 我想乘上一艘慢船到巴黎去 | 胡冬 | ——二一一 |
| 1984 | 尚義街六號 | 于堅 | ——二一八 |
| 1985 | 在哈爾蓋仰望星空 | 西川 | ——二二五 |
| 1985 | 兄弟 | 宋琳 | ——二二七 |

1985 民國的下午 柏樺——二三〇
1985 熟了麥子 海子——二三二
1985 寫給脖子上的菩薩 海子——二三五
1985 雨中的馬 陳東東——二三八
1985 太陽和他的反光（選三） 江河——二四〇
**附錄一** 讀李金髮的兩首詩 陳大為——二四一
**附錄二** 讀江河的四首詩 陳大為——二四七

總序

# 華文文學・百年・選

《華文文學百年選》是一套回顧華文文學百年發展的大書，書名由三個關鍵詞組成，涵蓋了全書的編選理念。

先說華文文學。在中港臺三地以外的華人社會，華文是一顆文化的種籽，從華文小學到華文中學，從華語到華文課本，「華」字的存在跟空氣一樣自然，一般百姓不會特別去思量它的命名有何不妥。華語文不但區隔了在地的異族語文，其實也區隔了文化中國這個母體，它暗示了一種「海外」獨有的、在地化的「非純正中文」或「非純正漢語」，日子久了，發酵成像土特產一樣的腔調。

在一九八〇年代進入中國學術視域的「華文文學研究」，不包括中國大陸的境內文學，因為那是「中國文學研究」，臺港澳文學後來跟海外華文文學融為一體，統稱為華文文學。當時臺灣學界不重視這個領域，命名權自然被中國學界整碗端去，先後成立了研究中心、超大型國際會議、專業學術期刊，甚至主動撰寫各國文學史，由此架設起一個龐大的研究平臺，「世界華文文學」遂成囊中之物。華文文學自此獲得更多的交流與關注，學科視野變得更為開闊，我們對東南亞華文文學的研究，確實獲利於此平臺，中國學界的貢獻不容抹煞。不過，「海外」華文文學詮釋權旁落的問題十分嚴重，除了馬華文學有能力在一九九〇年代奪回詮釋權，其他地區至今都沒有足夠強大的本土研究團隊跟中國學界抗衡，發不出自己的聲音。世界華文文學研究平臺，是跨國的學術論壇，也是話語權的戰場。

近十餘年來，有些學者覺得華文文學是中共中心論的政治符號，必須另起爐灶，重新界定了「華語語系文學」，它的命名過程很粗糙且漏洞百出，卻成為當前最流行的學術名詞。它建基於學理和心理上的「雙重反共」，在本質上並沒有改變任何東西，沒有哪個國家或地區的華文文學創作和研究從此改頭換面。

再度把鏡頭轉向廿一世紀的中國大陸，情況又不同了。原本屬於海外華人專利的「華語」，被中國民間商業團體改了體質，撐大了容量，成了現代漢語全球化的通行證，華語吞噬了漢語的概念版圖，一個懷抱天下的「華語世界」在中國傳媒界裡誕生。其中最好的例子是「華語電影傳媒大獎」（十七屆）、「華語音樂傳媒大獎」（十七屆），和「華語文學傳媒大獎」（十五屆），全都是包含中國在內的影音文學大獎；如果再算上那些五花八門的全球華語詩歌大獎，即可發現華語在非官方的日常使用領域中，正逐步取代漢語或普通話，尤其在能見度較高的國際性藝文舞臺。

我們以華文文學作為書名，兼取上述華文和華語的慣用意涵，把中國大陸涵蓋在內（一如我們主辦的「亞太華文文學國際學術研討會」），強調它的全球化視野。這種視野同樣體現在馬來西亞「花踪世界華文文學獎」（九屆），卻在臺灣逐步消失。鎖國多年的結果，曾為全球華文文學中心的臺灣離世界越來越遠。

這套書的最大編選目的，不是形塑經典，而是把濃縮淬取後的華文文學世界，以編年史的形式帶進臺灣書市，學生和大眾讀者可以用最小的篇幅去了解華文文學的百年地景——展讀中國小說家如何歷經五四運動、京海之爭、十年文革、文化尋根，和原鄉寫作浪潮的衝擊，如何在新世紀開創武俠、科幻、玄幻小說的大局；或者細讀香港文人從殖民到後殖民，從人文地誌到本土意識的敘述；以及歷代馬華作家筆下的南洋移民、娘惹文化、國族政治、雨林傳奇。當然還有自己的百年臺灣文學脈動。

現代百年，真的是很長的時間。

這百年的起點，有幾種說法。在我們的認知裡，現代白話文的源頭來自白話漢譯《聖經》及晚清傳教士的衍生寫作，當時有些讚美詩的中文／中譯，已經是相當成熟的「歐化白話」，胡適不過借用現成的歐化白話來進行新詩習作，從這角度來看，《嘗試集》比較像是一筆重要的文學史料或遺產。真正對中國現代文學寫作具有影響力並產生經典意義的，是一九一八年魯迅發表的〈狂人日記〉，此文正式揭開中國現代文學乃至全球現代漢語寫作的序幕，是歷久不衰的真經典。故本書以一九一八年為起點，止於二〇一七年終，整整一百年。

百年文學，分量遠比想像中的大。

我們在過去二十年的個人研究生涯中，花了一半的心力研究中國當代小說、散文和詩歌，另一半心力則投入臺灣、香港、馬華新詩及散文，有關新加坡、泰國、越南、菲律賓的研究成果不及一成，北美和歐洲則止於閱讀。上述研究成果，以及我們過去編選的二十幾冊新詩、散文、小說選，都是這套大書的基石，編起來才不至於太吃力。經過一番閱讀與評估，我們認為只有中、臺、港、馬四地的文獻資料是相對完整的，文學史的發展軌跡十分清晰，在質量上足以獨自成卷，而且我們長期追蹤它們的發展，不時選取新近出版的佳作來當教材，比較有把握。歐美的資料太過零散，東南亞其餘九國都面臨老化、斷層、衰退的窘境，即使有很熱心的中國學者為之撰史，甚至編選出文學大系，但質量並不理想。我們最終決定只編選中、臺、港、馬四地，所以不冠以世界或全球之名，只稱華文文學。

最後談到選文。

每個讀者都有自己的好惡，每個學者都有自己的一部（沒有寫出來的）文學史，大家總是對別人編的選集產生異議。文學本來就是主觀的。為了平衡主編自身的個人口味與好惡，我們初步擬好隱藏其後的文學史發展架構，再從各種文學大系、年度選集、世代精選，選出部分被各地區的主流論述認可的經典之作；接著，從個人文集與精選、期刊雜誌、文學副刊、數位文學平臺，挖掘出能夠跟前者並肩的佳作。我們既選了擁有大量研究成果的重量級作家，和中流砥柱的實力派，同時也選了被主流評論忽略的大眾文學作家與文壇新銳。在同水平作品當中，我們會根據教學經驗挑選一些適合課堂討論，或個人研讀與分析的作品。至於作家的得獎紀錄、譯本數量、銷售情況、點閱與按讚次數、意識形態、族群政治等因素，皆不在評估之例。

編這麼一套工程浩大的選集，確實很累。回想埋首書堆的日子，其實是快樂的——重溫了一路陪伴我們成長的老經典，發現了令人讚嘆的新文章。我們希望能夠把多年來在教學和研究方面累積的成果，轉化成一套大書，它既是回顧華文文學百年發展的超級選本，也是現代文學史和創作課程的理想教材，更是讓一般讀者得以認識華文文學世界的一流讀物。

陳大為、鍾怡雯

二〇一八年一月八日　中壢

現代漢語詩歌的第一道曙光，斜斜照射在一批原以為跟新文學毫不相干的西方傳教士身上，那是一八八〇年前後的晚清，紮著枯瘦辮子的中國文人還在用古典漢語，咬緊牙關書寫不知何去何從的舊詩，此刻，黃遵憲埋首於外交國務，還不是時候去思考詩界革命，那句驚天動地的「我手寫我口」得再等上十餘年。這道曙光太不起眼，舉國上下恐怕沒有半個文人會關注這群來華的傳教士，他們竟然如此不自量力的企圖打造出新品種的現代漢語，根本是外行人在幹內行事。其實他們的原意很單純，僅僅為了有效傳教，因而設法譯出讓全中國老百姓都能讀懂的中文版《聖經》。主事者洞悉天機，提早看到古典漢語的頹勢，故其譯筆遣詞用字逐步脫離古典漢語，改用歐化的思維和架構，譯出了適用於未來白話新詩創作的讚美詩，甚至寫出傳教士漢語小說，也創造了一些新的漢語語彙。漢語的歐化簡直是一門傳教士獨有的煉金術，有別於中國章回小說的傳統白話，一種新形態的歐化白話就這樣誕生了。

事隔多年，才有了胡適的《嘗試集》。胡適的詩遠離了漢語音韻和意境，只剩下透明和淺易，談不上承先或啟後。一九一八年，俞平伯的第一首詩和魯迅的第一篇小說一起發表在《新青年》，成為中國新文學的先驅，那年俞平伯才十八歲。俞平伯對新詩的思考比胡適來得嚴謹、全面，他認為古典漢詩仍有可取處，借重古詩音韻和意境的寫作技巧來昇華新詩的語言，營造出跨越新舊詩歌的朦朧感，〈冬夜之公園〉（一九一八）即兼顧了現代白話質感和詩歌音韻，成為一個比《嘗試集》更稱職的詩史起點。接著登場的是李金髮，他從法國帶回波特萊爾的象徵主義詩歌，讀起來似乎因過度壓縮而費解，卻具有粉碎一切陳規的破壞力。李金髮踏出獨步中國的語言句構，不計毀譽，寫他想寫的前衛詩篇。接踵而至的五四詩人啟動了一連串新詩寫作實驗，從新興城市的摩登文化到老舊農村的人生辛酸，有國家寓言也有社會現實的控訴，現代漢語詩歌以不同形態持續成長。

抗日的戰火很快席捲而來，廿七歲的艾青以滿懷悲愴寫下〈雪落在中國的土地上〉（一九三七），中國的苦難像雪夜一樣廣闊且漫長；廿六歲的何其芳逃難到眾人醉生夢死的大後方，用一首〈成都，讓我把你搖醒〉（一九三八）記錄了他的亡國憂患；廿一歲的穆旦為昆明留下別具一格的〈防空洞裡的抒情詩〉（一九三九），他在戰火裡找到虛實莫辨的人生。中國最優秀的年輕詩人，被戰爭淬煉著詩歌的技藝。這時候，中堅世代的馮至交出民國詩歌的頂尖之作《十四行集》（一九四二），雖然在砲火和煙硝裡創作，馮至卻把心靈安頓在靜穆的詩歌宇宙，現實不再是眼前活生生的例子，他將之昇華到高處，對生死宿命提出詰問。西南聯大有了馮至、穆旦、杜運燮、鄭敏，延安有了艾青、何其芳、賀敬之、郭小川，各成一座詩歌重鎮，兩種詩歌美學，南北遙遙相望。

一轉眼就是共和國時期，中共建政後延安詩歌成了政治正確的唯一樣板，連馮至的〈登大雁塔〉（一九五六）都得順便見證「人民的西安」如何遠勝大唐的長安。紅通通的「頌歌」輕易統治了中國詩界，整整十七年；好不容易挨到文革，星星之火才點亮地下詩界。一九六八年，北京的郭路生以〈這是四點零八分的北京〉、上海的陳建華以〈荒庭〉、貴州的黃翔和啞默以〈野獸〉與

〈在茫茫的黑夜〉，兵分三路，震懾了文革知青的靈魂。翌年，芒克和多多到白洋淀插隊，成立了滋養一代知青的現代主義藝文沙龍，引來八方豪傑，彼此的身世和理想隨著彼此的詩歌傳抄開來，大量優異的手稿匯成暗潮。

改革開放後，西方現代主義席捲中國，知青世代的詩人及其讀者獲得大規模的「補課」。一九七八年，芒克與北島等人創辦《今天》，夥同江河、顧城、楊煉等詩人在北京三不老胡同裡聚眾起義，把幾年來累積的佳作——〈天空〉（一九七三）、〈結局或開始〉（一九七五）、〈宣告〉（一九七六）、〈祖國啊祖國〉（一九七八）、〈一代人〉（一九七九）——陸續端上檯面，擺出敢為天下先的戰鬥姿態，去輾壓官方詩界的脆弱頌歌，並挑戰及重執牛耳的「歸來者」。「今天派」掛牌上市後，立即面臨嚴峻的打壓，被貶稱「令人氣悶的朦朧」。北大教授謝冕看不下去，便發表一篇獨具慧眼的〈在新的崛起面前〉（一九八〇），孫紹振以〈新的美學在崛起〉（一九八一）推波助瀾，徐敬亞透過〈崛起的詩群——評我國新詩的現代傾向〉（一九八二）建構了朦朧詩美學理論，「三崛起」在論述上扶正了朦朧詩。另一方面，楊煉寫出氣勢雄渾的〈大雁塔〉（一九八一），北島寫出飽含政治哲理的〈履歷〉（一九八二）和〈同謀〉（一九八二），江河完成劃時代的神話史詩〈太陽和他的反光〉（一九八五），今天派遂完成全面性的統治。

朦朧詩的盛世很短，韓東在西安大雁塔底下，悄悄蛻去朦朧詩的基因，〈有關大雁塔〉（一九八三）創造了第三代詩歌的原型。一個遠離中國詩歌核心之地（北京）的四川圈子迅速成形，李亞偉、于堅、西川等新銳詩人都磨亮了刀子，另一波大潮蓄勢待發，他們默默凝視江河升起朦朧詩最後的太陽，丈量著未來的江山。三年後，《深圳青年報》和《詩歌報》聯手推出「中國詩壇一九八六現代詩群體大展」，那可是第三代詩人的造山運動，柏樺、歐陽江河、王家新、宋渠、宋煒、周倫佑、于堅、李亞偉、翟永明等人一舉奪得中國詩歌的天下，第三代詩歌以口語化的日常寫作重塑了範式，並踏上一條高難度的鋼索。宋渠、宋煒的〈家語〉（一九八七）闡述了一種與世無爭的山林心境，借此調校第三代詩歌的語言路徑；于堅在〈墜落的聲音〉（一九九一）示範了無比精細的微物敘事，那是他在口語實驗的終極成果；周倫佑則矗立了中國後現代詩歌的地景。第三代詩歌終於成為新的太陽。

更年輕的七〇後詩人不甘臣服於強大前驅的陰影，沈浩波、朵漁、巫昂、尹麗川等人在千禧年揭竿起義，喊出「下半身寫作」，打造自己的詩歌江湖。中國詩界從此進入群雄並起的新時代——麥城、雷平陽、馬新朝耕耘另一種堅實、純樸的詩風；黃毅、沈葦接下了前輩周濤的新疆風華；阿來和阿頓・華多太抓住西藏高原的雪花；楊慶祥、謝小青等更年輕的八〇後詩人也漸漸浮出詩史的地平線。經歷多次的美學裂變與話語篡奪戰，中國詩歌回到創作的平靜期，各世代詩人取得自己的發聲位置，狼煙歇止，天下暫時太平。

陳大為

# 冬夜之公園

俞平伯

「啞！啞！啞！」
隊隊的歸鴉，相和相答。
淡茫茫的冷月，
襯著那翠迭迭的濃林，
越顯得枝柯老態如畫。

兩行柏樹，夾著蜿蜒石路，
竟不見半個人影。
抬頭看月色，
似煙似霧朦朧的罩著。
遠近幾星燈火，
忽黃忽白不定的閃爍：——
格外覺得清冷。

1918

鴉都睡了，滿園悄悄無聲。
惟有一個，突地裡驚醒，
這枝飛到那枝，
不知為甚的叫得這般淒緊？
聽牠彷彿說道，
「歸呀！歸呀！」

一九一八年十二月十五日，北京

作者簡介

——俞平伯（1900-1990），名銘衡，字平伯，以字行，浙江德清人。北京大學畢業。一九一八年開始發表新詩，並加入「新潮社」。對古典文學尤其是古典詩詞、《紅樓夢》等有深厚的學養，與胡適並稱「新紅學派」的創始人。曾任教於上海大學、燕京大學、清華大學、北京大學等，任中國社會科學院文學研究所研究員。著有詩集《冬夜》、《西還》；散文集《燕知草》、《雜拌兒》、《古槐夢遇》；古典文學專著《紅樓夢辨》（《紅樓夢研究》）、《唐宋詞選釋》、《讀詞偶得》等。

1921

# 一個小農家的暮

劉半農

她在灶下煮飯，
新砍的山柴，
必必剝剝的響。
灶門裡嫣紅的火光，
閃著她嫣紅的臉，
閃紅了她青布的衣裳。

他銜著個十年的菸斗，
慢慢地從田裡回來；
屋角裡掛去了鋤頭，
便坐在稻床上，
調弄著隻親人的狗。

他還踱到欄裡去，

看一看他的牛，
回頭向她說：
「怎樣了——
我們新釀的酒？」

門對面青山的頂上，
松樹的尖頭，
已露出了半輪的月亮。

孩子們在場上看著月，
還數著天上的星：
「一，二，三，四……」
「五，八，六，兩……」

他們數，他們唱：
「地上人多心不平，
天上星多月不亮。」

一九二一年二月七日，倫敦

## 作者簡介

——劉半農（1891-1934），原名壽彭，後改名復，初字半儂，後改字半農，晚號曲庵，江蘇江陰人。現代著名詩人、教育家和語言學者。曾任《新青年》編委。一九二〇年赴英國，入倫敦大學，次年夏赴法國，入巴黎大學，並在法蘭西學院聽講，一九二五年獲法國國家文學博士。回國後先後在北京大學、北京師範大學、中法大學、輔仁大學任教，並兼任中央研究院歷史語言研究所研究員。著有詩集《揚鞭集》；民歌集《瓦釜集》；散文集《半農雜文》；語言學專著《中國文法通論》、《四聲實驗錄》等。

## 冬夜

1922

廢名

朋友們都出去了，
我獨自坐著向窗外凝望。
雨點不時被冷風吹到臉上。
一角模糊的天空，界劃了這剎那的思想。
霎時僕人送燈來，
我對他格外親切，不是平時那般疏忽模樣。

### 作者簡介

——廢名（1901-1967），原名馮勛北，字焱明，號蘊仲，學名馮文炳，湖北黃梅人。中國現代著名作家、學者。北京大學英文系畢業，曾在北京大學、東北人民大學（今吉林大學）任教。曾和馮至等創辦《駱駝草》文學周刊並主持編務。著有《竹林的故事》、《桃園》、《棗》、《橋》、《莫須有先生傳》、《莫須有先生坐飛機以後》、《談新詩》、《跟青年談魯迅》、《阿賴耶識論》等。

1922 —— 給蜂鳴 —— 李金髮

相關內容參閱附錄一。

## 作者簡介

——李金髮（1900-1976），原名李金發，字遇安，又名淑良，廣東梅縣人。早年就讀於香港聖約翰中學，後至上海入南洋中學留法預備班，一九一九年遠赴法國，在巴黎美術大學學習雕塑。一九二一年就讀第戎美術專門學校和巴黎帝國美術學校，學習雕塑和油畫。李金髮深受法國象徵主義詩歌的影響，波特萊爾《惡之花》儼然成為他詩歌習作的法帖。一九二五年初，他受邀到上海美專執教，同年加入文學研究會；一九二八年出任杭州國立藝術院雕塑系主任，創辦《美育》雜誌。後赴廣州美術學院執教，於一九三六年出任校長，一九五一年攜全家移居紐約，最終長眠於此。著有詩集《微雨》、《食客與凶年》、《為幸福而歌》。

1923——棄婦——李金髮

相關內容參閱附錄一。

作者簡介

——李金髮（1900-1976），詳見本書頁二五。

# 郵吻

劉大白

1923

我不是不能用指頭兒撕，
我不是不能用剪刀兒剖，
祇是緩緩地
　輕輕地
很仔細的挑開了紫色的信唇；
我知道這信唇裡面，
藏著她祕密的一吻。

從她底很鄭重的折疊裡，
我把那粉紅色的信箋，
很鄭重地展開了。
我把她很鄭重地寫的
一字字一行行，
一行行一字字地

很鄭重地讀了。

我不是愛那一角模糊的郵印，
我不是愛那滿幅精緻的花紋，
祇是緩緩地
　輕輕地
很仔細地揭起那綠色的郵花；
我知道這郵花背後，
藏著她祕密的一吻。

一九二三年五月二日

作者簡介

——劉大白（1880-1932），原名金慶棪，字柏貞，號清齋，辛亥革命後更改姓名為劉靖裔，字大白，浙江紹興人。現代著名詩人、文史學家。前清舉人出身，曾任小學教員，主編《紹興公報》。一九一四年在東京加入同盟會。一九一六年返國後曾任復旦大學、上海大學教授，浙江大學文理學院中文系主任兼教授，教育部常務次長等職。著有詩集《舊夢》、《郵吻》、《叮嚀》、《再造》、《秋之淚》；詩論《白屋說詩》、《舊詩新話》等。

1925

# 死水

## 聞一多

這是一溝絕望的死水，
清風吹不起半點漪淪。
不如多扔些破銅爛鐵，
爽性潑你的剩菜殘羹。

也許銅的要綠成翡翠，
鐵罐上鏽出幾瓣桃花；
再讓油膩織一層羅綺，
黴菌給他蒸出些雲霞。

讓死水酵成一溝綠酒，
漂滿了珍珠似的白沫；
小珠笑一聲變成大珠，
又被偷酒的花蚊咬破。

那麼一溝絕望的死水，
也就誇得上幾分鮮明。
如果青蛙耐不住寂寞，
又算死水叫出了歌聲。

這是一溝絕望的死水，
這裡斷不是美的所在，
不如讓給醜惡來開墾，
看它造出個什麼世界。

一九二五年四月

## 作者簡介

——聞一多（1899-1946），原名聞家驊，字友三，湖北黃岡人。著名詩人、學者。清華大學畢業，後赴美攻讀藝術，回國後與徐志摩等在《晨報》主辦《詩鐫》，曾任青島大學文學院長、清華大學中文系主任。抗日戰事爆發，在西南聯大任教，從事古典文學研究。著有詩集《紅燭》、《死水》、《聞一多全集》、《神話與詩》；古典文學研究《楚辭補校》、《神話與詩》、《唐詩雜論》等。

1928

# 雨巷

戴望舒

撐著油紙傘，獨自
彷徨在悠長、悠長
又寂寥的雨巷，
我希望逢著
一個丁香一樣地
結著愁怨的姑娘。

她是有
丁香一樣的顏色，
丁香一樣的芬芳，
丁香一樣的憂愁，
在雨中哀怨，
哀怨又彷徨；

她彷徨在這寂寥的雨巷，
撐著油紙傘
像我一樣，
像我一樣地，
默默彳亍著，
冷漠，淒清，又惆悵。

她靜默地走近
走近，又投出
太息一般的眼光，
她飄過
像夢一般地
像夢一般地淒婉迷茫。

像夢中飄過
一枝丁香地，
我身旁飄過這個女郎；
她靜默地遠了，遠了，

到了頹圮的籬牆，
走盡這雨巷。

在雨的哀曲裡，
消了她的顏色，
散了她的芬芳，
消散了，甚至她的
太息般的眼光，
丁香般的惆悵。

撐著油紙傘，獨自
彷徨在悠長、悠長
又寂寥的雨巷，
我希望飄過
一個丁香一樣地
結著愁怨的姑娘。

## 作者簡介

——戴望舒（1905-1950），名承，字朝安，小名海山，浙江杭州人。著名詩人、翻譯家。考入上海大學文學系，後轉入震旦大學學法語。曾赴法國留學，入讀巴黎大學、里昂中法大學。抗日戰爭爆發後轉至香港主編《大公報》文藝副刊，並且創辦了《耕耘》雜誌。一九四九年後曾擔任新聞出版總署國際新聞局法文科科長，從事編譯工作。著有詩集《我的記憶》、《望舒草》、《望舒詩稿》、《災難的歲月》等。通法語、西班牙語和俄語等歐洲語言，一直從事歐洲文學的翻譯工作，出版譯作數十種。

1928

# 再別康橋

徐志摩

輕輕的我走了，
　正如我輕輕的來；
我輕輕的招手，
　作別西天的雲彩。

那河畔的金柳，
　是夕陽中的新娘；
波光裡的豔影，
　在我的心頭蕩漾。

軟泥上的青荇，
　油油的在水底招搖；
在康河的柔波裡，
　我甘做一條水草！

那榆陰下的一潭，
不是清泉，是天上虹；
揉碎在浮藻間，
沉澱著彩虹似的夢。

尋夢？撐一支長篙，
向青草更青處漫溯；
滿載一船星輝，
在星輝斑爛裡放歌。

但我不能放歌，
悄悄是別離的笙簫；
夏蟲也為我沉默，
沉默是今晚的康橋！

悄悄的我走了，
正如我悄悄的來；

我揮一揮衣袖，
　不帶走一片雲彩。

一九二八年十一月六日

## 作者簡介

——徐志摩（1897-1931），原名章垿，字槱森，小字幼申，後改名志摩，浙江海寧人。曾留學美國哥倫比亞大學、英國劍橋大學，其間深受歐美浪漫主義和唯美派詩人的影響。一九二三年與胡適、聞一多、梁實秋等發起成立新月社；加入文學研究會。一九二四年與胡適、陳西瀅等創辦《現代評論》周刊，並任北京大學教授。一九三一年因飛機失事罹難。他的詩具有鮮明的藝術個性，代表作品有〈再別康橋〉、〈偶然〉、〈沙揚娜拉一首〉等；散文也自成一格，〈自剖〉、〈我所知道的康橋〉、〈翡冷翠山居閒話〉等都是傳世的名篇。著有詩集《志摩的詩》、《翡冷翠的一夜》、《猛虎集》；散文集《落葉》、《巴黎的鱗爪》等。

# 北遊（選三）

馮至

## 車中

我昏昏地倚靠著車窗，
把過去的事草草地思量——
回頭看那是一片荒原，
荒原裡可曾開過一朵花，湧過一次泉？
我昏昏地倚靠著車窗，
把將來的事草草地思量——
前面看是嵯峨的高山，
可有一條狹徑讓我走，一棵樹木供我攀？
我在這樣別離的景況當中，
可真是同我的「少年」分了手——
再也沒有高高的城樓供我沉思，
再也沒有古松的蔭涼供我飲酒；

如今的荒野裡只有久經風霜的老槐，
它不住地嘲笑著滿車裡孤另的朋友。

月亮圓圓地落，
曉風陣陣地吹，
這時地球真在駸駸地轉，
車輪不住促促地催。
秦皇島讓我望見了一灣的海水，
山海關讓我望見了一角的長城；
既不能到海中央去隨著海鷗飛沒，
也不能在萬里長城上望一望那萬里途程：
匆匆地來，促促地去，什麼也不能把定，
匆匆地來，促促地去，匆促的人生！

我從那夏的國裡，
漸漸地走入秋天，
冷雨淒淒地灑，
層雲疊疊地添。

水邊再也沒有那依依的垂柳，
四野裡望不見蔚綠的蒼松，
在我的面前有兩件東西等著我：
陰沉沉的都市，黯淡淡的寒冬！
沉默籠罩了大地，
疲倦壓倒了滿車的客人——
誰的心裡不隱埋著無聲的悲劇，
誰的面上不重疊著幾縷愁紋，
誰的腦裡不盤算著他的希冀，
誰的衣上不著滿了征塵：
我彷彿也沒有悲劇，沒有希冀，
只是呆呆地對著車窗，陰沉，陰沉……

## 哈爾濱

聽那怪獸般的摩托，
在長街短道上肆意地馳跑，
瘦馬拉著破爛的車，

高伸著脖子嗷嗷地呼叫。
蘇俄，白俄，烏克蘭，
猶太的銀行，希臘的酒館，
日本的浪人，
高麗的妓院，
都聚在這不東不西的地方，
吐露出十二分的心足意滿！
還有那中國的同胞，
面上總是淫淫地嘻笑——
姨太太穿著異樣的西裝，
紙糊般的青年戴著瓜皮小帽，
太太的腳是放了還纏，
老爺的肚子是豬一樣地肥飽：
在他們幸福的面前，
滿街都灑遍了金銀，
更有那全身都是毒菌的妓女，
戴著碗大的紙花搖盪在街心！
我像是遊行地獄，

一步比一步深——
我不敢望那欲雨不雨的天空，
天空一定充滿了陰沉，陰沉……

## Café

漫漫的長夜，我再也殺不出這漫漫的重圍，
我想遍了死的方法和死後的滋味；
多少古哲先賢不能給我一字的指導，
他們同我可是一樣地愚昧？
——已經沒有一點聲音，
啊，窗外的雨聲又在我的耳邊作祟！

去，去，披上我的外衣，
不管是風怎樣暴，雨是怎樣狂！
哪怕是墳地上的鬼火呢，
我也要尋出來一粒光芒！

街燈似乎都滅了，
滿路上都是濘泥：
我的心燈就不曾燃起，
滿心裡也是濘泥——
路上的濘泥會有人掃除，
心上的濘泥可有誰來整理！

我走入一座Café，
裡邊炫耀著雜色的燈罩，
沒有風也沒有雨了，
只有露西亞的小曲伴著簡單的音樂。
我望著那白衣的侍女是怎樣蒼茫，
我躲避著她在沒有人的一角；
她終於走到我的身邊，
我終於不能不對她微笑！
「深深的酒杯，深深地斟，
深深的眼睛，深深地想——
除去了你的肩頭，

我的手已經無處安放，
異鄉的女子，我來到這裡，
並不是為了酒漿，
只因我心中有鏟不盡的濘泥，
我的衣袋裡有多餘的紙幣一張！」
我望著她一副不知愁的面貌，
把酒漿不住緩緩地斟。
我的心中並不曾感到一點輕鬆，
只是越發加重了，陰沉，陰沉……

## 作者簡介

——馮至（1905-1993），原名馮承植，河北涿縣人。早年就學於北京大學，曾參與組織沉鐘社。一九三〇年留學德國，先後就讀柏林大學、海德堡大學，一九三五年獲海德堡大學哲學博士學位。曾任同濟大學、西南聯大及北京大學教授、中國社會科學院外文所所長等。著有詩集《昨日之歌》、《北遊及其他》、《十四行集》、《西郊集》；散文集《山水》、《東歐雜記》；論述《歌德論述》、《詩與遺產》等。曾當選瑞典皇家文學歷史人物研究院外籍院士，並獲歌德獎章。

# 預言

1931

何其芳

這一個心跳的日子終於來臨！
你夜的嘆息似的漸近的足音
我聽得清不是林葉和夜風私語，
麋鹿馳過苔徑的細碎的蹄聲！
告訴我，用你銀鈴的歌聲告訴我，
你是不是預言中的年輕的神？

你一定來自那溫鬱的南方，
告訴我那兒的月色，那兒的日光，
告訴我春風是怎樣吹開百花，
燕子是怎樣癡戀著綠楊。
我將合眼睡在你如夢的歌聲裡，
那溫暖我似乎記得，又似乎遺忘。

請停下，停下你疲勞的奔波，
進來，這兒有虎皮的褥你坐！
讓我燒起每一個秋天拾來的落葉，
聽我低低地唱起我自己的歌。
那歌聲像火光一樣沉鬱又高揚，
火光一樣將我的一生訴說。

不要前行！前面是無邊的森林，
古老的樹現著野獸身上的斑紋，
半生半死的藤蟒一樣交纏著，
密葉裡漏不下一顆星星。
你將怯怯地不敢放下第二步，
當你聽見了第一步空寥的回聲。

一定要走嗎？請等我和你同行！
我的腳步知道每一條平安的路徑，
我可以不停地唱著忘倦的歌，
再給你，再給你手的溫存！

當夜的濃墨遮斷了我們，
你可以不轉眼地望著我的眼睛！

我激動的歌聲你竟不聽，
你的腳竟不為我的顫抖暫停！
像靜穆的微風飄過這黃昏裡，
消失了，消失了你驕傲的足音！
呵，你終於如預言中所說的無語而來，
無語而去了嗎，年輕的神？

一九三一年秋天　北平

## 作者簡介

——何其芳（1912-1977），本名何永芳，生於四川萬州。一九二九年開始發表少作，一九三一年進北京大學哲學系，一九三五年畢業後在中學任教。一九三六年與卞之琳、李廣田合出詩集《漢園集》，受到文壇注目。抗日戰爭爆發後回四川，創辦《四川文藝》雜誌，一九三八年夏到延安，任魯迅藝術學院文學系主任，一九四二至一九四七年，在重慶任《新華日報》副社長等職。一九五三年起任中國社科院文學研究所副所長、所長，直到逝世。著有詩集《預言》、《夜歌》、《何其芳詩稿》、《何其芳文集》等多種。

1932

# 西長安街

卞之琳

長的是斜斜的淡淡的影子，
枯樹的，樹下走著的老人的
和老人撐著的手杖的影子，
都在牆上，晚照裡的紅牆上，
紅牆也很長，牆外的藍天，
北方的藍天也很長，很長。
啊！老人家，這道兒你一定
覺得是長的，這冬天的日子
也覺得長吧？是的，我相信。
看，我也走近來了，真不妨
一路上談談話，談談話兒呢。
可是我們卻一聲不響，
只跟著，跟著各人的影子
走著，走著（註❶）……

走了多少年了，
這些影子，這些長影子？
前進又前進，又前進又前進，
到了曠野上，開出長城去？
彷彿有馬號，一大隊騎兵
在前進，面對著一大輪朝陽，
朝陽是每個人的紅臉，馬蹄
揚起了金塵，十丈高，二十丈——
什麼也沒有，我依然在街邊，
也不見舊日的老人，兩三個
黃衣兵站在一個大門前，
（這是司令部？從前的什麼府？）
他們像墓碑直立在那裡，
不作聲，不談話，還思念鄉土，
東北天底下的鄉土？一定的！
可是這時候想也是徒然，
縱然想起這時候敵人的
幾匹戰馬到家園的井旁

去喝水了，這時候一群家雞
到高粱田裡去徬徨了，也想
哪兒是暫時的住家呢。拍拍！
什麼？槍聲！打哪兒來的？
土槍聲！自家的！不怕，不怕！……
可是蟋蟀聲早已浸透了
青紗帳，青紗帳早已褪色了！
你想嗎，一點用處也沒有了！
明天再想吧，這時候只好
不作聲，不談話。低下頭來吧。
看汽車掠過長街的柏油道，
多「摩登」，多舒服！儘管威風
可哪兒比得上從前的大旗
紅日下展出滿臉的笑容！
如果不相信，可以問前頭
那三座大紅門，如今悵望著
秋陽了。

　　啊！夕陽下我有

一個老朋友，他是在一所
更古老的城裡，這時候怎樣了？
說不定從一條荒街上走過，
伴著斜斜的淡淡的長影子？
告訴我你新到長安的印象吧，
（我身邊彷彿有你的影子）
朋友，我們不要學老人，
談談話兒吧。……

一九三二年九月十一日

註❶：第一段作於二年前（一九三〇）初冬，本獨立為一首，留此續前作，作為回憶。

### 作者簡介

——卞之琳（1910-2000），生於江蘇省海門市。北京大學英文系畢業，一九三一年開始發表作品，被公認為新文化運動中新月派代表詩人。曾任教於西南聯大、南開大學、北京大學等，任中國社會科學院文學所研究員，長期從事莎士比亞等外國作家作品的翻譯、研究。曾獲首屆中國詩人獎終生成就獎。著有詩集《三秋草》、《魚目集》、《十年詩草》、《雕蟲紀曆一九三〇——一九五八》；詩論集《人與詩：憶舊說新》等。

# 我從Café（註❶）中出來……

王獨清

我從Café中出來，
身上添了
中酒的
疲乏，
我不知道
向哪一處走去，才是我底
暫時的住家……
啊，冷靜的街衢，
黃昏，細雨！

我從Café中出來，
在帶著醉
無言地
獨走，
我底心內

感著一種，要失了故國的
浪人底哀愁……
啊，冷靜的街衢，
黃昏，細雨！

註❶：Café，法語，咖啡館。

## 作者簡介

——王獨清（1898-1940），陝西蒲城人。五四運動時期在上海從事新聞工作，而後留學法國，專攻藝術，回國後與郁達夫、郭沫若、成仿吾等發起成立創造社，並主編《創造月刊》，成為該社後期主要詩人之一。曾任上海藝術大學教務長，主編過《開展》月刊。著有詩集《聖母像前》、《死前》、《埃及人》、《威尼市》、《鍛煉》、《獨清詩選》等。

# 答客問

1934

臧克家

我才從鄉村裡來，
這用不到我說一句話，
你只須望一望我的臉，
或向著我的衣襟嗅一下。
我很地道的知道那裡的一切，
什麼都知道，
像一個孩子知道母親一樣，
他清楚她身上哪根汗毛長。
你要問什麼？
問清明時節紛紛細雨中，
長堤上那一行煙柳的濛濛？
還是夕陽下，春風裡，
女頰映著桃花紅？
問炎夏山澗沁出的清涼，

黃昏朦朧中蝙蝠傍著古寺飛翔？
還問什麼？
問秋山的秀，
秋風裡秋雲的舒捲，
無邊大野上殘照的蒼涼？
我知道你要問冬夜裡那八遍雞聲，
一個老嫗搖著紡車守一盞昏黃的小燈。
你要問這，這我全熟悉，
可是我要告訴的是另外的一些事。
你聽了不要驚惶，也無須嘆氣，
那顯得你是多麼無知。
我告訴你，鄉村的莊稼人，
現在正緊緊腰帶挨著春深，
他們並不曾放鬆自家，
風裡雨裡把身子埋在坡下，
他們仍然撒種子到大地裡，
可是已不似往常撒種也撒下希望，
單就叱牛的聲音，

你就可以聽出一個無勁的心！
他們工作，不再是唱嘔嘔的高興。
解疲勞的煙縷上也冒不出輕鬆，
這可怪不得他們，一條身子逐著日月轉，
到頭來，三條腸子空著一條半！
八十老嫗口中的故事，
已不是古代的英雄而是他們自己，
她說親眼見過長毛作反，
可是這樣的年頭真頭一回見！
憑著五穀換不出錢來，
不是鬧兵就是鬧水災，
太陽一落就來了心驚，
頭側在枕上直聽到五更，
飢荒像一陣暴烈的雨滴，
打的人心抬不起頭來，
頭頂的天空一樣是發青，
然而鄉村卻失掉了平靜。

二三年三月二十二日於相州

## 作者簡介

——臧克家（1905-2004），山東諸城人。山東大學中文系畢業。曾任中國大陸全國人大代表、全國政協常務委員、中國作家協會名譽副主席、中國文聯榮譽委員、中國詩歌學會會長等職。曾獲中國作家協會首屆文學期刊編輯榮譽獎、首屆中國詩人獎終身成就獎。二〇〇三年獲國際詩人筆會頒發「中國當代詩魂金獎」。從事文學創作七十餘年，出版詩歌、散文、評論、報告文學、小說、回憶錄等文學作品七十餘部。

# 雪落在中國的土地上

1937 艾青

雪落在中國的土地上，
寒冷在封鎖著中國呀……

風，
像一個太悲哀了的老婦，
緊緊地跟隨著
伸出寒冷的指爪
拉扯著行人的衣襟，
用著像土地一樣古老的話
一刻也不停地絮聒著……

那從林間出現的，
趕著馬車的
你中國的農夫

戴著皮帽
冒著大雪
要到哪兒去呢？

告訴你
我也是農人的後裔——
由於你們的
刻滿了痛苦的皺紋的臉
我能如此深深地
知道了
生活在草原上的人們的
歲月的艱辛。

而我
也並不比你們快樂啊
——躺在時間的河流上
苦難的浪濤
曾經幾次把我吞沒而又捲起——

流浪與監禁
已失去了我的青春的
最可貴的日子，
我的生命
也像你們的生命
一樣的憔悴呀

雪落在中國的土地上，
寒冷在封鎖著中國呀……

沿著雪夜的河流，
一盞小油燈在徐緩地移行，
那破爛的烏篷船裡
映著燈光，垂著頭
坐著的是誰呀？

——啊，你
蓬髮垢面的少婦，

是不是
你的家
——那幸福與溫暖的巢穴——
已被暴戾的敵人
燒毀了麼？
是不是
也像這樣的夜間，
失去了男人的保護，
在死亡的恐怖裡
你已經受盡敵人刺刀的戲弄？

咳，就在如此寒冷的今夜，
無數的
我們的年老的母親，
就像異邦人
不知明天的車輪
要滾上怎樣的路程……
——而且

中國的路
是如此的崎嶇
是如此的泥濘呀。

雪落在中國的土地上，
寒冷在封鎖著中國呀……

透過雪夜的草原
那些被烽火所嚙啃著的地域，
無數的，土地的墾殖者
失去了他們所飼養的家畜
失去了他們肥沃的田地
擁擠在
生活的絕望的汙巷裡；
飢饉的大地
朝向陰暗的天
伸出乞援的
顫抖著的兩臂。

中國的苦痛與災難
像這雪夜一樣廣闊而又漫長呀！
雪落在中國的土地上，
寒冷在封鎖著中國呀……

中國
我的在沒有燈光的晚上
所寫的無力的詩句
能給你些許的溫暖麼？

一九三七年十二月二十八日夜間

## 作者簡介

——艾青（1910-1996），原名蔣正涵，號海澄，曾用筆名莪加、克阿、林壁等，浙江金華人。一九二八年考入國立西湖藝術院，一九二九年赴法國習畫。歷任華北聯合大學文藝學院副院長、華北人民政府文委委員、《人民文學》主編、中國作家協會副主席、全國人大常委、中國文聯全委等職。一九八五年獲法國文學藝術最高勳章。著有詩集《向太陽》、《火把》、《他死在第二次》、《大堰河》《曠野》、《黎明的通知》、《歸來的歌》；論文集《新文藝論集》、《艾青談詩》等；以及《艾青全集》五卷。

# 成都，讓我把你搖醒

何其芳

的確有一個大而熱鬧的北京，
然而我的北京又小又幽靜的。
——愛羅先珂

一

成都又荒涼又小，
又像度過了無數荒唐的夜的人
在睡著覺，
雖然也曾有過遊行的火炬的燃燒，
雖然也曾有過淒厲的警報，
雖然一船一船的孩子

從各個戰區運到重慶，
只剩下國家是他們的父母，
雖然敵人無晝無夜地轟炸著
廣州，我們僅存的海上的門戶
雖然連綿萬里的新的長城
是前線兵士的血肉。
我不能不像愛羅先珂一樣
悲涼地嘆息了：
成都雖然睡著，
卻並非使人能睡的地方。

而且這並非使人能睡的時代。
這時代使我想大聲地笑，
又大聲地叫喊，
而成都卻使我寂寞，
使我寂寞地想著馬雅可夫斯基
對葉賽寧的自殺的非難：
「死是容易的，

活著卻更難。」

二

從前在北方我這樣歌唱：
「北方，你這瘋癱了多年的手膀，
強盜的拳頭已經打到你的關節上，
你還不重重地還他幾耳光？

「北方，我要離開你，回到家鄉，
因為在你僵硬的原野上，
快樂是這樣少
而冬天卻這樣長。」

於是馬哥孛羅橋的炮聲響了，
瘋癱了多年的手膀
也高高地舉起戰旗反抗，
於是敵人搶去了我們的北平，上海，南京，

無數的城市在他的蹂躪之下呻吟，
於是誰都忘記了個人的哀樂，
全國的人民連接成一條鋼的鏈索。

在長長的鋼的鏈索間
我是極其渺小的一環，
然而我像最強頑的那樣強頑。

我像盲人的眼睛終於睜開，
從黑暗的深處看見光明，
那巨大的光明呵，
向我走來，
向我的國家走來……

三

然而我在成都。
這裡有享樂，懶惰的風氣，

和羅馬衰亡時代一樣講究著美食。
而且因為汙穢，陳腐，罪惡
把它無所不包的肚子裝飽，
遂在陽光燦爛的早晨還在睡覺。
雖然也曾有過遊行的火炬的燃燒，
雖然也曾有過淒厲的警報。

讓我打開你的窗子，你的門，
成都，讓我把你搖醒，
在這陽光燦爛的早晨——

一九三八年六月　成都

作者簡介

——何其芳（1912-1977），詳見本書頁四七。

1939

# 防空洞裡的抒情詩

穆旦

他向我，笑著，這兒倒涼快，
當我擦著汗珠，彈去爬山的土，
當我看見他的瘦弱的身體
顫抖，在地下一陣隱隱的風裡。
他笑著，你不應該放過這個消遣的時機，
這是上海的申報，唉！這五光十色的新聞，
讓我們坐過去，那裡有一線暗黃的光。
我想起大街上瘋狂的跑著的人們，
那些個殘酷的，為死亡恫嚇的人們，
像是蜂擁的昆蟲，向我們的洞裡擠。

誰知道農夫把什麼種子灑在這土裡？
我正在高樓上睡覺，一個說，我在洗澡。
你想最近的市價會有變動嗎？府上是？

哦哦，改日一定拜訪，我最近很忙。
寂靜。他們像覺到了氧氣的缺乏。
雖然地下是安全的。互相觀望著：
O黑色的臉，黑色的身子，黑色的手！
這時候我聽見大風在陽光裡
附在每個人的耳邊吹出細細的呼喚，
從他的屋簷，從他的書頁，從他的血裡。

煉丹的術士落下沉重的
眼瞼，不覺墮入了夢裡，
無數個陰魂跑出了地獄，
悄悄收攝了，火燒，剝皮，
聽他號出極樂園的聲息。
O看，在古代的大森林裡，
那個漸漸冰冷了的僵屍！

我站起來，這裡的空氣太窒息，
我說，一切完了吧，讓我們出去！

但是他拉住我，這是不是你的好友，
她在上海的飯店結了婚，看看這啟事！

我已經忘了摘一朵潔白的丁香夾在書裡，
我已經忘了在公園裡搖一隻手杖，
在霓虹燈下飄過，聽LOVE PARADE散播，
O我忘了用淡紫的墨水，在紅茶裡加一片檸檬。
當你低下頭，重又抬起，
你就看見眼前的這許多人，你看見原野上的那許多人，
　　你看見你再也看不見的無數的人們，
於是覺得你染上了黑色，和這些人們一樣。

那個僵屍在痛苦地動轉，
他輕輕地起來燒著爐丹，
在古代的森林漆黑的夜裡，
「毀滅，毀滅」一個聲音喊，
「你那枉然的古舊的爐丹。
死在夢裡！墜入你的苦難！

聽你極樂的嗓子多麼洪亮！」
誰勝利了，他說，打下幾架敵機？
我笑，是我。
當人們回到家裡，彈去青草和泥土，
從他們頭上所編織的大網裡，
我是獨自走上了被炸毀的樓，
而發見我自己死在那兒
僵硬的，滿臉上是歡笑，眼淚，和嘆息。

一九三九年四月

## 作者簡介

——穆旦（1918-1977），原名查良錚，祖籍浙江海寧，出生於天津。一九三五年考入清華大學外文系，一九四〇年畢業於西南聯大並留校任教，一九四九年赴美國就讀於芝加哥大學英文系，獲文學碩士學位。一九五三年回國任教於南開大學。著有詩集《探險隊》、《穆旦詩集一九三九—一九四五》、《旗》、《穆旦詩選》等，是九葉詩派的代表性詩人。一九五〇年代起從事外國詩歌的翻譯，他翻譯的普希金、雪萊、拜倫等人的作品，在翻譯界享有很高聲譽，影響深遠。

1940

# 曠野

艾青

玉蜀黍已成熟得像火燒般的日子：
在那剛收割過的苧麻的田地的旁邊，
一個農夫在烈日下
低下戴著草帽的頭，
伸手採摘著毛豆的嫩葉。

靜寂的天空下，
千萬種鳴蟲的
低微而又繁雜的大合唱啊，
奏出了自然的偉大的讚歌；
知了的不息聒噪
和斑鳩的渴求的呼喚，
從山坡的傾斜的下面
茂密的雜木裡傳來……

昨天黃昏時還聽見過的
那窄長的峽谷裡的流水聲，
此刻已停止了；
當我從陰暗的林間的草地走過時，
只聽見那短暫而急促的
啄木鳥用牠的嘴
敲著古木的空洞的聲音。

陽光從樹木的空隙處射下來，
陽光從我們的手捫不到的高空射下來，
陽光投下了使人感激得抬不起頭來的炎熱
陽光燃燒了一切的生命，
陽光交付一切生命以熱情。

啊，汗水已浸滿了我的背，
我走過那些用卷鬚攀住竹籬的
豆類和瓜類的植物的長長的行列，

（我的心裡是多麼羞澀而又驕傲啊）
我又走到山坡上了，
我抹去了額上的汗
停歇在一株山毛櫸的下面——

簡單而蠢笨
高大而沒有人歡喜的
山毛櫸是我的朋友，
我每天一定要來訪問，
我常在它的陰影下
無言地，長久地，
看著曠野：
曠野——廣大的，蠻野的……
為我所熟識
又為我所害怕的，
奔騰著土地、岩石與樹木的
凶惡的海啊……

不馴服的山巒，
像綠色的波濤一樣
橫蠻地起伏著；
黑色的岩石，
不可排解地糾纏在一起；
無數的道路，
好像是互不相通
卻又困難地扭結在一起；
那些村舍
卑微的，可憐的村舍，
各自孤立地星散著；
它們的窗戶，
好像互不理睬
卻又互相輕蔑地對看著；
那些山峰，
滿懷憤恨地對立著；
遠遠近近的野林啊，
也像非洲土人的鬈髮，

茸亂的鬈髮，
在可怕的沉默裡，
在莫測的陰暗的深處，
蘊藏著千年的悒鬱。

而在下面，
在那深陷著的峽谷裡，
無數的田畝毗連著，
那裡，人們像被山岩所圍困似的
宿命地生活著：
從童年到老死，
永無止息地彎曲著身體，
耕耘著堅硬的土地；
每天都流著辛勤的汗，
喘息在
貧窮與勞苦的重軛下……
為了叛逆命運的擺布，

我也曾離棄了衰敗了的鄉村，
如今又回來了。
何必隱瞞呢——
我始終是曠野的兒子。
看我寂寞地走過山坡，
緩慢地困苦地移著腳步，
多麼像一頭疲乏的水牛啊；
在我鬆皮一樣陰鬱的身體裡，
流著對於生命的煩惱與固執的血液；
我常像月亮一樣，
寧靜地凝視著
曠野的遼闊與粗壯；
我也常像乞丐一樣，
在暮色迷濛時
謙卑地走過
那些險惡的山路；
我的胸中，微微發痛的胸中，
永遠地洶湧著

生命的不羈與狂熱的欲望啊！
而每天，
當我被難於抑止的憂鬱所苦惱時，
我就仰臥在山坡上，
從山毛櫸的陰影下
看著曠野的邊際——
無言地，長久地，
把我的火一樣的思想與情感
溶解在它的波動著的
岩石，陽光與霧的遠方……

一九四〇年七月八日　四川

**作者簡介**

——艾青（1910-1996），詳見本書頁六三。

1941

# 空屋

吳興華

老人已經離去很久了，鐘聲分散，攬合，
像牆隙裡落下的灰土；像曲折的小河
群流入江；鐘的手臂平伸著，懊然的，直像
一個教師對一個學生的卷子表示失望。

老人已經離去很久了，還有他那年輕的女兒，
老替他拿著帽子手杖的……時行的曲兒，
從街頭手風琴的腹裡流來……再也沒有
跳舞會了，鎮上唯一的生氣死去了……誰有

心再去聽野臺戲呢？尤其是我，雖然老說，
她的嘴太大，愛擠眼睛，愛看通俗小說——
她走後，極自然的臉色掩飾下心亂撲忒，
Like watching on a card table one's own ace trumped.

## 作者簡介

——吳興華（1921-1966），浙江杭州人。十六歲考入燕京大學西語系，同年發表長詩〈森林的沉默〉。求學期間與同窗好友宋淇一同編輯《燕京文學》，自學義大利文，也精通法文、德文。畢業後留在校內任教。以筆名梁文星發表詩作，生前未曾結集，直至二〇〇五年有《吳興華詩文集》二冊出版。

## 讚美

1941

穆旦

走不盡的山巒的起伏，河流和草原，
數不盡的密密的村莊，雞鳴和狗吠，
接連在原是荒涼的亞洲的土地上，
在野草的茫茫中呼嘯著乾燥的風，
在低壓的暗雲下唱著單調的東流的水，
在憂鬱的森林裡有無數埋藏的年代
它們靜靜地和我擁抱：
說不盡的故事是說不盡的災難，沉默的
是愛情，是在天空飛翔的鷹群，
是乾枯的眼睛期待著泉湧的熱淚，
當不移的灰色的行列在遙遠的天際爬行；
我有太多的話語，太悠久的感情，
我要以荒涼的沙漠，坎坷的小路，騾子車，
我要以槽子船，漫山的野花，陰雨的天氣，

我要以一切擁抱你，你，
我到處看見的人民呵，
在恥辱裡生活的人民，佝僂的人民，
我要以帶血的手和你們一一擁抱，
因為一個民族已經起來。

一個農夫，他粗糙的身軀移動在田野中，
他是一個女人的孩子，許多孩子的父親，
多少朝代在他的身邊升起又降落了
而把希望和失望壓在他身上，
而他永遠無言地跟在犁後旋轉，
翻起同樣的泥土溶解過他祖先的，
是同樣的受難的形象凝固在路旁。
在大路上多少次愉快的歌聲流過去了，
多少次跟來的是臨到他的憂患；
在大路上人們演說，叫囂，歡快，
然而他沒有，他只放下了古代的鋤頭，
再一次相信名詞，溶進了大眾的愛，

堅定地，他看著自己溶進死亡裡，
而這樣的路是無限的悠長的
而他是不能夠流淚的，
他沒有流淚，因為一個民族已經起來。

在群山的包圍裡，在蔚藍的天空下，
在春天和秋天經過他家園的時候，
在幽深的谷裡隱著最含蓄的悲哀：
一個老婦期待著孩子，許多孩子期待著
飢餓，而又在飢餓裡忍耐，
在路旁仍是那聚集著黑暗的茅屋，
一樣的是不可知的恐懼，一樣的是
大自然中那侵蝕著生活的泥土，
而他走去了從不回頭詛咒。
為了他我要擁抱每一個人，
為了他我失去了擁抱的安慰，
因為他，我們是不能給以幸福的，
痛哭吧，讓我們在他的身上痛哭吧，

因為一個民族已經起來。

一樣的是這悠久的年代的風，
一樣的是從這傾圮的屋簷下散開的
無盡的呻吟和寒冷，
它歌唱在一片枯槁的樹頂上，
它吹過了荒蕪的沼澤，蘆葦和蟲鳴，
一樣的是這飛過的烏鴉的聲音
當我走過，站在路上踟躕，
我踟躕著為了多年恥辱的歷史
仍在這廣大的山河中等待，
等待著，我們無言的痛苦是太多了，
然而一個民族已經起來，
然而一個民族已經起來。

一九四一年十二月

## 作者簡介

——穆旦（1918-1977），詳見本書頁七二。

1942

# 十四行集（選五）

馮至

## 二

什麼能從我們身上脫落，
我們都讓它化作塵埃：
我們安排我們在這時代
像秋日的樹木一棵棵

把樹葉和些過遲的花朵
都交給秋風，好舒開樹身
伸入嚴冬；我們安排我們
在自然裡，像蛻化的蟬蛾

把殘殼都丟在泥裡土裡；
我們把我們安排給那個

未來的死亡，像一段歌曲，
歌聲從音樂的身上脫落，
歸終剩下了音樂的身軀
化作一脈的青山默默。

六

我時常看見在原野裡
一個村童，或一個農婦
向著無語的晴空啼哭，
是為了一個懲罰，可是

為了一個玩具的毀棄？
是為了丈夫的死亡，
可是為了兒子的病創？
啼哭得那樣沒有停息，

像整個的生命都嵌在
一個框子裡，在框子外
沒有人生，也沒有世界。

我覺得他們好像從古來
就一任眼淚不住地流
為了一個絕望的宇宙。

## 一五

看這一隊隊的馱馬
馱來了遠方的貨物，
水也會沖來一些泥沙
從些不知名的遠處，

風從千萬里外也會
掠來些他鄉的嘆息：
我們走過無數山水，

隨時占有，隨時又放棄，
彷彿鳥飛翔在空中，
它隨時都管領太空，
隨時都感到一無所有。

什麼是我們的實在？
從遠方什麼也帶不來？
從面前什麼也帶不走？

## 一八

我們常常度過一個親密的夜
在一間生疏的房裡，它白晝時
是什麼模樣，我們都無從認識，
更不必說它的過去未來。原野——
一望無邊地在我們窗外展開，

我們只依稀地記得在黃昏時
來的道路，便算是對它的認識，
明天走後，我們也不再回來。

閉上眼吧！讓那些親密的夜
和生疏的地方織在我們心裡：
我們的生命像那窗外的原野，

我們在朦朧的原野上認出來
一棵樹、一閃湖光；它一望無際
藏著忘卻的過去、隱約的到來。

二七

從一片氾濫無形的水裡
取水人取來橢圓的一瓶，
這點水就得到一個定形；
看，在秋風裡飄揚的風旗，

它把住些把不住的事體，
讓遠方的光、遠方的黑夜
和些遠方的草木的榮謝，
還有個奔向無窮的心意，

都保留一些在這面旗上。
我們空空聽過一夜風聲，
空看了一天的草黃葉紅，

向何處安排我們的思，想？
但願這些詩像一面風旗
把住一些把不住的事體。

### 作者簡介

——馮至（1905-1993），詳見本書頁四四。

1942

# 我用殘損的手掌

戴望舒

我用殘損的手掌
摸索這廣大的土地；
這一角已變成灰燼，
那一角只是血和泥；
這一片湖該是我的家鄉，
（春天，堤上繁花如錦幛，
嫩柳枝折斷有奇異的芬芳，）
我觸到荇藻和水的微涼；
這長白山的雪峰冷到徹骨，
這黃河的水夾泥沙在指間滑出；
江南的水田，你當年新生的禾草
是那麼細，那麼軟……現在只有蓬蒿；
嶺南的荔枝花寂寞地憔悴，
盡那邊，我蘸著南海沒有漁船的苦水……

無形的手掌掠過無限的江山，
手指沾了血和灰，手掌沾了陰暗，
只有那遼遠的一角依然完整，
溫暖，明朗，堅固而蓬勃生春。
在那上面，我用殘損的手掌輕撫，
像戀人的柔髮，嬰孩手中乳。
我把全部的力量運在手掌
貼在上面，寄與愛和一切希望，
因為只有那裡是太陽，是春，
將驅逐陰暗，帶來蘇生，
因為只有那裡我們不像牲口一樣活，
螻蟻一樣死……那裡，永恆的中國！

一九四二年七月三日

作者簡介

——戴望舒（1905-1950），詳見本書頁三四。

# 追物價的人

1945

杜運燮

物價已是抗戰的紅人。
從前同我一樣，用腿走，
現在不但有汽車，坐飛機，
還結識了不少要人，闊人，
他們都捧他，摟他，提拔他，
他的身體便如煙一般輕，
飛。但我得趕上他，不能落伍。
抗戰是偉大的時代，不能落伍。
雖然我已經把溫暖的家丟掉，
把好衣服厚衣服，把心愛的書丟掉，
還把妻子兒女的嫩肉丟掉，
而我還是太重，太重，走不動，
讓物價在報紙上，陳列窗裡，
統計家的筆下，隨便嘲笑我。

啊，是我不行，我還存有太多的肉，
還有菜色的妻子兒女，她們也有肉，
還有重重補丁的破衣，它們也太重，
這些都應該丟掉。為了抗戰，
為了抗戰我們都應該不落伍，
看看人家物價在飛，趕快迎頭趕上，
即使是輕如鴻毛的死，
也不要計較，就是不要落伍。

一九四五年於昆明

## 作者簡介

——杜運燮（1918-2002），筆名吳進、吳達翰、杜松，祖籍福建古田，出生於馬來西亞霹靂州，畢業於昆明西南聯合大學外文系。一九四三至四五年，曾應召入飛虎隊和中國駐印軍擔任翻譯。曾在新加坡南洋女中和華僑中學任教，曾任香港《大公報》文藝副刊編輯兼《新晚報》電訊翻譯，北京新華社國際部編輯及翻譯，《環球》雜誌副主編。為「九葉派」詩人之一，曾與詩友合輯出版《九葉集》、《八葉集》。著有詩集《詩四十首》、《晚稻集》、《南音集》、《你是我愛的第一個》、《杜運燮詩精選一百首》、《杜運燮六十年詩選》；散文集《熱帶風光》；以及《海城路上的求索：杜運燮詩文選》等。

# 有的人——紀念魯迅有感

臧克家

有的人活著
他已經死了；
有的人死了
他還活著。

有的人
騎在人民頭上：「呵，我多偉大！」
有的人
俯下身子給人民當牛馬。

有的人
把名字刻入石頭想「不朽」；
有的人
情願作野草，等著地下的火燒。

有的人
他活著別人就不能活；
有的人
他活著為了多數人更好地活。

騎在人民頭上的，
人民把他摔垮；
給人民作牛馬的，
人民永遠記住他！

把名字刻入石頭的，
名字比屍首爛得更早；
只要春風吹到的地方，
到處是青青的野草。

他活著別人就不能活的人，
他的下場可以看到；

他活著為了多數人更好地活著的人，
群眾把他抬舉得很高，很高。

一九四九年十月於北京

作者簡介
——臧克家（1905-2004），詳見本書頁五七。

# 登大雁塔

馮至

這座唐代的古塔
經過無數次的登臨；
唐代詩人的名句
如今還搖撼著人心。

「萬古蒙蒙」（註❶）的景色，
「秦山破碎」（註❷）的悲哀，
千年來縈繞著這座塔，
支配著登臨者的胸懷。

但當我和古人一樣
登上了塔的最高層——
四圍的景色是多麼明麗，
地上的塔影是多麼鮮明！

綠野裡有紅樓出現，
紅樓旁有綠樹生長；
近處是田園、學校，
遠處是市區、工廠。

人們指著曲江舊址，
它已經乾枯了一千年，
不久會引來清清的流水，
讓它恢復舊日的容顏。

北方的渭水要變成清流，
南方的秦嶺向我們低頭；
寶成路沖破萬古的艱險，
從此消滅了蜀道的艱難。

我們的山河是這樣完整，
樂遊原上不會再有人

對著無限好的夕陽
惋惜它接近了黃昏。（註❸）

夕陽和朝陽循環不斷，
西安一天比一天新鮮；
人民的西安規模宏大，
遠勝過唐帝國的長安。

唐人留下了不朽的詩句
給雄壯而又蒼涼的長安；
我們要給人民的西安市
寫出社會主義的新詩篇。

一九五六年七月

註❶：「萬古青蒙蒙」是岑參登慈恩寺塔的詩句。
註❷：「秦山忽破碎」是杜甫登慈恩寺塔的詩句。
註❸：指李商隱〈登樂遊原〉的詩句：「夕陽無限好，只是近黃昏。」

## 作者簡介

——馮至（1905-1993），詳見本書頁四四。

# 荒庭

陳建華

1968

當我獨自一人默默而語的時候，
一隻猛獅從靈魂的地獄裡跳出，
戴著腳銬亂舞，發出震裂的怒吼，
暴突的眼睛把燃燒的光焰噴吐。

牠要掙脫，回到自由的森林！
那裡有成群的野狼向牠屈膝。
但來了猙獰的獄卒，將牠死命
鞭笞，牠終於倒下，昏在暗角裡。

啊！我精神的庭院已一片荒涼，
斷垣頹牆被無情的風雨摧殘，
從此不再有花紅葉綠的繁榮。

像避暑者消夏在美麗的海島上，
我的船帆曾安泊於夢的小港中，
如今它漂泊著，只剩海天蒼茫。

一九六八年二月

## 作者簡介

——陳建華（1947-），出生於上海。獲復旦大學、哈佛大學文學博士。曾任教於復旦大學、美國歐柏林學院、上海交通大學，現為香港科技大學榮譽教授、復旦大學特聘講座教授。專著有《「革命」的現代性——中國革命話語考論》、《從革命到共和——清末至民國文學、電影與文化轉型》、《古今與跨界——中國文學文化研究》等及論文百餘篇；詩文創作《去年夏天在紐約》、《陳建華詩選》、《亂世薩克斯風》等。出版英文專著*Revolution and Form: Mao Dun's Early Novels and Chinese Literary Modernity*及*From Revolution to the Republic: Chen Jianhua on Vernacular Chinese Modernity*等。

# 野獸

1968

黃翔

我是一隻被追捕的野獸
我是一隻剛捕獲的野獸
我是被野獸踐踏的野獸
我是踐踏野獸的野獸

一個時代撲倒我
斜乜著眼睛
把腳踏在我的鼻樑架上
撕著
咬著
啃著
直啃到僅僅剩下我的骨頭
即使我祇僅僅剩下一根骨頭

# 我也要哽住一個可憎時代的咽喉

一九六八年

## 作者簡介

——黃翔（1941-），湖南桂東人。一九五八年開始發表作品，並參加中國作家協會貴州分會，隔年因政治迫害被除名。從一九五九至一九九五年，先後六次因追求生命自由和言論自由受到監禁，作品禁止發表長達數十年。一九九七年後長期旅居美國。創作涉及各種形式，包括詩歌、詩論、文論、詩化哲學、半自傳體長篇小說、散文隨筆、紀實性自傳、政論和回憶錄等。著有《黃翔：狂飲不醉的獸形》、《鋒芒畢露的傷口》、《沉思的雷暴》、《自由之血》、《喧囂與寂寞》、《匹茲堡夢巢隨筆》、《刀尖上的天空》、《黃翔詩歌總集》、《星辰起滅》上下卷、「東方大詩」四卷等三十餘部；作品被翻譯成多種語言出版。此外亦應邀參與各種藝術活動，舉辦展覽。兩度獲美國赫爾曼•哈默特「言論自由作家獎」。一九九八年以來，生平被拍成多部中、英文電視、電影專題紀錄片。

# 這是四點零八分的北京

郭路生

這是四點零八分的北京
一片手的海浪翻動
這是四點零八分的北京
一聲尖厲的汽笛長鳴

北京車站高大的建築
突然一陣劇烈的抖動
我吃驚地望著窗外
不知發生了什麼事情

我的心驟然一陣疼痛，一定是
媽媽綴扣子的針線穿透了心胸
這時，我的心變成了一隻風箏
風箏的線繩就在媽媽的手中

線繩綳得太緊了，就要扯斷了
我不得不把頭探出車廂的窗櫺
直到這時，直到這個時候
我才明白發生了什麼事情

——一陣陣告別的聲浪
就要捲走車站
北京在我的腳下
已經緩緩地移動

我再次向北京揮動手臂
想一把抓住她的衣領
對她親熱地大聲叫喊：
永遠記著我，媽媽啊北京

終於抓住了什麼東西
管他是誰的手，不能鬆

因為這是我的北京
這是我的最後的北京

一九六八年十二月二十日　杏花村

## 作者簡介

——郭路生（1948-），筆名食指，山東魚台人，出生於山東朝城鎮。高中畢業。出版詩集《相信未來》（廣西師大出版社）、《食指、黑大春現代抒情詩合集》、《詩探索金庫·食指卷》、《食指的詩》、《相信未來》（江蘇鳳凰文藝出版社，二〇一六年）。

# 在茫茫的黑夜

啞默

在茫茫的黑夜，
人們沉睡了，
鄉村沉睡了，
我醒著。

在茫茫的黑夜，
寒風冷雨從田野上匆匆跑過，
逼著人們在屋裡蜷縮。

一道亮光照進我的思想，
一股猛烈的熱血在我體內奔流，
一簇無焰的烈火在我胸中燃燒，
我在黑暗的雨地裡奔跑。

雨，你冰涼的水滴淋濕了我的全身，
卻滲不進我的心，
風，你淒厲的嘶叫使人身震欲裂，
但不能把我的呼聲壓倒，
沉沉的夜，
你就布滿你的黑色的網羅吧！
即使鋪天蓋地，
生命的種子還是要綻苞！

在茫茫的黑夜，
人們沉睡了，
鄉村沉睡了，
我醒著，
我在黑暗的雨地裡奔跑……

一九六八年十一月二十七日

## 作者簡介

——啞默（1942-），原名伍立憲，貴州普定縣人，中國現當代新詩先行者，文化人士。一九四九—一九七九「前三十年」，主要崇尚對西方、俄羅斯文學藝術的探求，進行詩歌、文學的潛在寫作；一九八〇—二〇一〇「後三十年」，漸漸回歸東方，自儒、道、釋入手，從事文化研究；以人文文化為導向，主張古今中外，東西合和，綜合應用。新世紀以來，在各大中小院校、企事業單位、文化團體舉辦講座和進行文化交流。著有《啞默：世紀的守靈人》文集十數卷，分文學、社科、附卷三部分，並陸續在海內外發表、出版。

# 天空

1973

芒克

1

太陽升起來
天空血淋淋的
猶如一塊盾牌

2

日子像囚徒一樣被放逐
沒有人來問我
沒有人寬恕我

3

我始終暴露著
只是把恥辱

用唾沫蓋住

4

天空，天空
把你的疾病
從共和國的土地上掃除乾淨

5

可是，希望變成了淚水
掉在地上
我們怎麼能確保明天的人們不悲傷

6

我遙望著天空
我屬於天空
天空呵
你提醒著
那向我走來的世界

## 7

為什麼我在你的面前走過
總會感到羞怯
好像我老了
我拄著棍子
過去的青春終於落在手中
我拄著棍子
天空
你要把我趕到哪裡去
我為了你才這樣力盡精疲

## 8

誰不想把生活編織成花籃
可是，美好被打掃得乾乾淨淨
我們還年輕
你能否愉悅著我們的眼睛

9

帶著你的溫暖
帶著你的愛
再用你的船
將我遠載

10

希望
請你不要去得太遠
你在我身邊
就足以把我欺騙

11

太陽升起來
天空——這血淋淋的盾牌

一九七三年

## 作者簡介

——芒克（1950-），原名姜世偉，出生於瀋陽，現居北京，從事寫作和油畫創作。一九七八年與北島創辦文學刊物《今天》，一九八七年與唐曉渡、楊煉組織了「倖存者詩歌俱樂部」，並出版刊物《倖存者》。著有詩集《心事》、《陽光中的向日葵》、《芒克詩選》、《今天是哪一天》、《重量》；小說《野事》；散文集《往事與《今天》》等。作品被翻譯成十多種外文。

# 結局或開始——獻給遇羅克

北島

我，站在這裡
代替另一個被殺害的人
為了每當太陽升起
讓沉重的影子像道路
穿過整個國土

悲哀的霧
覆蓋著補釘般錯落的屋頂
在房子與房子之間
煙囪噴吐著灰燼般的人群
溫暖從明亮的樹梢吹散
逗留在貧困的菸頭上
一隻隻疲倦的手中
升起低沉的烏雲

以太陽的名義
黑暗在公開地掠奪
沉默依然是東方的故事
人民在古老的壁畫上
默默地永生
默默地死去

啊，我的土地
你為什麼不再歌唱
難道連黃河縴夫的繩索
也像綳斷的琴弦
不再發出鳴響
難道時間這面晦暗的鏡子
也永遠背對著你
只留下星星和浮雲

我尋找著你

在一次次夢中
一個個多霧的夜裡或早晨
我尋找春天和蘋果樹
蜜蜂牽動的一縷縷微風
我尋找海岸的潮汐
浪峰上的陽光變成的鷗群
我尋找砌在牆裡的傳說
你和我被遺忘的姓名

如果鮮血會使你肥沃
明天的枝頭上
成熟的果實
會留下我的顏色

必須承認
在死亡白色的寒光中
我，戰慄了
誰願意做隕石

或受難者冰冷的塑像
看著不熄的青春之火
在別人的手中傳遞
即使鴿子落在肩上
也感不到體溫和呼吸
牠們梳理一番羽毛
又匆匆飛去

我是人
我需要愛
我渴望在情人的眼睛裡
度過每個寧靜的黃昏
在搖籃的晃動中
等待著兒子第一聲呼喚
在草地和落葉上
在每一道真摯的目光上
我寫下生活的詩
這普普通通的願望

如今成了做人的全部代價

一生中
我多次撒謊
卻始終誠實地遵守著
一個兒時的諾言
因此，那與孩子的心
不能相容的世界
再也沒有饒恕過我

我，站在這裡
代替另一個被殺害的人
沒有別的選擇
在我倒下的地方
將會有另一個人站起
我的肩上是風
風上是閃爍的星群

也許有一天
太陽變成了萎縮的花環
垂放在
每一個不屈的戰士
森林般生長的墓碑前
烏鴉，這夜的碎片
紛紛揚揚

## 作者簡介

——北島（1949-），原名趙振開，出生於北京。一九七八年創辦文學雜誌《今天》並任主編。一九八九年六四事件後流亡海外，先後在歐美多所大學擔任過教職、駐校作家，現為香港中文大學文學院榮譽教授。曾獲瑞典筆會文學獎、美國西部筆會中心自由寫作獎、古根漢姆獎學金等，並被選為美國藝術文學院終身榮譽院士，獲美國布朗大學頒授榮譽文學博士學位。著有詩集《陌生的海灘》、《午夜歌手》、《零度以上的風景》、《開鎖》、《守夜》；小說《波動》；散文集《藍房子》、《午夜之門》、《城門開》、《古老的敵意》等；並輯有《北島集：精裝九種》。作品被譯成三十多種文字。

## 北島

# 宣告——獻給遇羅克

也許最後的時刻到了
我沒有留下遺囑
只留下筆，給我的母親
我並不是英雄
在沒有英雄的年代裡
我只想做一個人

寧靜的地平線
分開了生者和死者的行列
我只能選擇天空
決不跪在地上
以顯出劊子手們的高大
好阻擋那自由的風

從星星的彈孔裡
將流出血紅的黎明

作者簡介

——北島（1949-），詳見本書頁一二四。

# 回答

北島

1976

卑鄙是卑鄙者的通行證，
高尚是高尚者的墓誌銘。
看吧，在那鍍金的天空中，
飄滿了死者彎曲的倒影。

冰川紀過去了，
為什麼到處都是冰凌？
好望角發現了，
為什麼死海裡千帆相競？

我來到這個世界上，
只帶著紙、繩索和身影，
為了在審判之前，
宣讀那被判決了的聲音：

告訴你吧，世界，
我——不——相——信！
縱使你腳下有一千名挑戰者，
那就把我算作第一千零一名。

我不相信天是藍的；
我不相信雷的回聲；
我不相信夢是假的；
我不相信死無報應。

如果海洋注定要決堤，
就讓所有的苦水都注入我心中；
如果陸地注定要上升，
就讓人類重新選擇生存的峰頂。

新的轉機和閃閃的星斗，
正在綴滿沒有遮攔的天空，

那是五千年的象形文字，
那是未來人們凝視的眼睛。

作者簡介

——北島（1949-），詳見本書頁一二四。

# 聽說我老了

穆旦

我穿著一件破衣衫出門，
這麼醜，我看著都覺得好笑，
因為我原有許多好的衣衫
都已讓它在歲月裡爛掉。

人們對我說：你老了，你老了，
但誰也沒有看見赤裸的我，
只有在我深心的曠野中
才高唱出真正的自我之歌。

它唱著，「時間愚弄不了我，
我沒有賣給青春，也不賣給老年，
我只不過隨時序換一換裝，
參加這場化裝舞會的表演。

「但我常常和大雁在碧空翱翔，
或者和蛟龍在海裡翻騰，
凝神的山巒也時常邀請我
到它那遼闊的靜穆裡做夢。」

一九七六年四月

## 作者簡介

——穆旦（1918-1977），詳見本書頁七二。

# 1978——祖國啊祖國

江河

相關內容參閱附錄二。

## 作者簡介

——江河（1949-），原名于友澤，出生於北京。一九六八年高中畢業，朦朧詩代表詩人之一，著有詩集《從這裡開始》和《太陽和他的反光》。現隱居美國。

1979

# 樹

杜運燮

樹，一到人間，就始終挺立著，
伸直腰桿，永遠向上，向太陽；
頭上壓著大石頭，也要在縫隙間
頑強地多方探索，搏鬥，爭陽光
尋找可以昂首直立的空間。

傲視暴風雨，無非多拋些水滴，
把打擊當作鍛鍊，推倒又起立，
雖然只剩下裸露的受傷的枝條，
幾片孤獨的殘葉，但從不喪氣，
為了能保持直立而永遠自豪。

在冰雪寒風中，就像完全枯死，
但它的根，堅植在深廣的地層中，

不忘記從地心吸取無盡的熱，
不忘記有永不乾涸的水源擁抱它，
只待春天，它要再現常綠的本色。

無論在鬧市，還是幽谷荒山，
無論是有人讚揚，還是冷待，
它總是飢渴般吸收空氣和陽光，
保持堅定的雄姿和翠綠，
被人喜愛，不靠五彩和芬芳。

它平時耽於沉默，總在思考。
看見在月光下進入某種構思，
就像遠古植在海中的小島；
八方的風雨給它虬勁的體格，
四季給它深思的年輪線條。

它有藝術家的性格和脾氣，
千姿百態的枝葉像琴弦和琴鍵；

搏動著渴望創造的血液，
身軀四肢的肌肉何等瓷實，
跳動著深埋根鬚的偉力！

它也經受過隨意的砍伐和糟蹋，
不顧它的後代的成長和繼承，
願望和尊嚴都遭到殘暴的扼殺，
但終於迎來了新的春風春雨，
枝條上立刻又點燃起綠色的火花。

經常和一棵樹、一排樹默默相看，
像忠實的朋友，給我樂趣和教益，
總在提醒我一個雋永的意象：
樹以人的形象在人間受尊敬，
也有人以樹的形象永留在世上。

樹，熱愛人間，一年年從心底
端出最綠的新葉，不但要活得美，

而且要創新，展示堅韌的活力，
直到全身的汁液完全枯竭，
最後死了，也仍然莊嚴挺立。

一九七九年十二月

作者簡介

——杜運燮（1918-2002），詳見本書頁九六。

1979

# 北京深秋的晚上

舒婷

一

夜，漫過路燈的警戒線
去撲滅群星
風跟蹤而來，震動了每一株楊樹
發出潮水般的喧響

我們也去吧
去爭奪天空
或者做一片小葉子
回應森林的歌唱

二

我不怕在你面前顯得弱小
讓高速的車陣
把城市的莊嚴擠垮吧
世界在你的肩後
有一個安全的空隙

車燈戳穿的夜
橘紅色的地平線上
我們很孤寂
然而正是我單薄的影子
和你站在一起

三

當你僅僅是你
我僅僅是我的時候

我們爭吵
我們和好
一對古怪的朋友

當你不再是你
我不再是我的時候
我們的手臂之間
沒有熔點
沒有缺口

四

假如沒有你
假如不是異鄉
　微雨、落葉、足響
假如不必解釋
假如不用設防
　路柱、橫線、交通棒

假如不見面
假如見面能遺忘
　寂靜、陰影、悠長

## 五

我感覺到：這一刻
正在慢慢消逝
成為往事
成為記憶
你閃耀不定的微笑
浮動在
一層層的淚水裡

我感覺到：今夜和明夜
隔著長長的一生
心和心，要跋涉多少歲月

才能在世界那頭相聚
我想請求你
站一站。路燈下
我只默默背過臉去

六

夜色在你身後合攏
你走向夜空
成為一個無解的謎
一顆冰涼的淚點
掛在「永恆」的臉上
躲在我殘存的夢中

一九七九年十二月

## 作者簡介

——舒婷（1952-），原名龔佩瑜。出生於福建龍海市，定居廈門。一九七九年開始發表詩歌作品，一九八〇年至福建省文聯工作，從事專業寫作。曾獲《詩選刊》中國二〇〇八年度十佳詩人、全國新詩優秀詩集獎、莊重文文學獎、華語文學傳媒大獎年度散文家等。著有詩集《雙桅船》、《會唱歌的鳶尾花》、《始祖鳥》、《舒婷的詩》；散文集《秋天的情緒》、《預約私奔》、《我的梨花開遍天涯》、《真水無香：我生命中的鼓浪嶼》等。作品被翻譯成近二十國文字。

# 一代人

## 顧城

黑夜給了我黑色的眼睛
我卻用它尋找光明

### 作者簡介

——顧城（1956-1993），生於北京。一九六二年開始寫詩；一九六六年文化大革命襲捲中國，此後未再正式就學；一九六九年隨父親下放山東；一九七三年移往濟南；一九七四年回到北京，讀書、學畫，並從事油漆工、木匠、編輯等工作；一九七九年參與《今天》文學社團，與北島、舒婷等人開創了截然不同的新詩風，評論者稱之朦朧詩派；一九八七年前往奧地利、法國、英國等國講學訪問；一九八八年前往紐西蘭，擔任奧克蘭大學亞語系研究員和中文口語助教。曾出版《北島、顧城詩選》、《舒婷、顧城抒情詩選》、《黑眼睛》、《水銀》、《海籃》、《顧城童話寓言詩選》；小說《英兒》等。

# 大雁塔

1981

楊煉

## 1 位置

孩子們來了
拉著年輕母親的手
穿過灰色的庭院

孩了們來了
眼睛在小槐樹的青色襯裙間
像被風吹落的
透明的雨滴
幽靜地向我凝望

燕子喳喳地在我身邊盤旋……

我被固定在這裡
已經千年
在中國
古老的都城
我像一個人那樣站立著
粗壯的肩膀，昂起的頭顱
面對無邊無際的金黃色土地
我被固定在這裡
山峰似的一動不動
墓碑似的一動不動
記錄下民族的痛苦和生命

沉默
岩石堅硬的心
孤獨地思考
黑洞洞的嘴唇張開著
朝太陽發出無聲的叫喊
也許，我就應當這樣

給孩子們
講講故事

## 2 遙遠的童話

我該怎樣為無數明媚的記憶歡笑
金子的光輝、玉石的光輝、絲綢一樣柔軟的光輝
照耀我的誕生
勤勞的手、華貴的牡丹和窈窕的飛簷環繞著我
儀仗、匾額、榮華者的名字環繞著我
許許多多廟堂、輝煌的鐘聲在我耳畔長鳴
我的身影拂過原野和山巒、河流和春天
在祖先居住的穹廬旁，撒下
星星點點翡翠似的城市和村莊
火光一閃一閃抹紅了我的臉，鐵犁和瓷器
發出清脆的聲響，音樂、詩
在節日，織滿天空

我該怎樣為明媚的記憶歡笑
在那青春的日子，我曾俯瞰世界
紫色的葡萄，像夜晚，從西方飄來
垂落在喧鬧的大街上，每滴汁液是一顆星
嵌進銅鏡，輝映出我的面容
我的心像黎明時開放的大地和海洋
駝鈴、壁畫似的帆從我身邊出發
到遙遠的地方，叩響金幣似的太陽

在我誕生的時候
我歡笑、甚至
朝那些炫耀著釉彩的宮殿、血紅色的
牆，那些一個世紀、又一世紀枕在香案上
享受著甜蜜夢境的人們
灼熱而赤誠地歌唱
卻沒有想到
為什麼珍珠和汗水都向一個地方流去
——向一座座飽滿而空曠的陵墓流去

為什麼在顫抖的黃昏
那個農家姑娘徘徊在河岸
明澈的瞳孔裡卻溢出這麼多憂鬱和悲哀呵……

終於，硝煙和火從封閉的莊院裡燃起
從北方，那蒼茫無邊的群山與平原之間
響起了馬蹄，廝殺和哭嚎
紛亂的旗幟在我周圍變幻、像雲朵
像一片片在逃難中破碎的衣裳
我看到黃河急急忙忙地奔走
被月光鋪成一道銀白色的輓聯
哀悼著歷史，哀悼著沉默
而我所熟悉的街道、人群、喧鬧哪兒去了呢
我所思念的七葉樹、新鮮的青草
和橋下潺潺的溪水哪兒去了呢
只有賣花老漢流出的血凝固在我的靈魂裡
只有燒焦的房屋、瓦礫堆、廢墟
在瀰漫的風沙中漸漸沉沒

變成夢、變成荒原

## 3 痛苦

漫長的歲月裡
我像一個人那樣站立著
像成千上萬被鞭子驅使的農民中的一個
畜牲似的，被牽到這北方來的士卒中的一個
寒冷的風撕裂了我的皮膚
夜晚窒息著我的呼吸
我被迫站在這裡
守衛天空、守衛大地
守衛著自己被踐踏、被凌辱的命運

在我遙遠的家鄉
那一小片田園荒蕪了，年輕的妻子
倚在傾斜的竹籬旁
那樣地黯淡、那樣的凋殘

一群群蜘蛛在她絕望的目光中結網
曠野、道路
伸向使人傷心的冬天
和淚水像雨一樣飛落的夏天
伸向我的母親深深摳進泥土的手指
綠熒熒的，比飄遊的磷火更陰森的豺狼的眼睛

我的動作被剝奪了
我的聲音被剝奪了
濃重的烏雲，從天空落下
寫滿一道道不容反抗的旨意
寫滿代替思考的許諾、空空洞洞的
希望，當死亡走過時，捐稅般
勒索著明天
我的命運呵、你哭泣吧！你流血吧
我像一個人那樣站立著
卻不能像一個人那樣生活
連影子都不屬於自己

## 4 民族的悲劇

奔跑呵、奔跑呵、奔跑呵、奔跑呵、
渾身顫慄的土地，赤裸臂膀的土地
激蕩起鋤頭、刀劍、陽光
像密林裡衝出的野獸
像荒原上噴吐的烈火
一排又一排不肯屈服的山脈、雄壯地
朝天空顯示紫色的胸膛
在頭顱被砍去的地方，江河
更加瘋湧地洶狂

呼喊呵，呼喊呵，呼喊呵，呼喊呵
塗滿鮮血的戰鼓、漲飽力量的戰鼓
用風暴和海洋的節奏
搖撼一座座石牆和古堡
五顏六色的旗幟在塵埃裡招展
草原、湖泊上升起千千萬萬顆星辰

像無數戰死者沒有合上的眼睛
那威武而晶瑩的靈魂呵
看著勝利、看著秋天
看著滿山遍野金黃色的野菊花

我是這隊伍中一名英勇的戰士
我的身軀、銘刻著
千百年的苦難、不屈和尊嚴
哪怕厚重的城門緊咬著生鏽的牙齒
哪怕道路上布滿荊棘和深淵
我的腳步踏過天空——雲梯
從腐爛的城垛上
擎起我的紅纓和早晨

無邊無際的向我展開的世界呵
無窮無盡的向我沸騰的人群呵
那麼多笑容——男人的、女人的
兄弟們的、夥伴們的、像我的父親一樣

在壟溝的皺紋間抖動的
像我的妻子一樣在絲線似的睫毛下閃耀的
甚至在我的仇敵臉上擠出的
笑容呵，和醉人的美酒一同斟滿
和祭壇上莊嚴的煙縷、鐘聲
一同融進另一片黃昏

一次又一次，我留在這裡
望著復歸沉寂的蒼老的大地
望著我的低垂的手掌，被犁杖、刀柄
磨得粗硬的黃土高原和華北平原
我的肩頭：秦嶺和太行山
望著吱吱作響的獨輪車、扁擔
怎樣在我心上壓出一道道傷口，迷茫的
情歌飄蕩著，烏雲似的
遮住我的眼睛，而我的兄弟們呵
騎在水牛背上，依舊那樣悠然自得
彷彿什麼事情也不曾發生過

我留在這裡，悲憤地望著這一切
我的心在汩汩地淌血

一次又一次，已經千年
在中國，古老的都城
黑夜圍繞著我，泥濘圍繞著我
我被判賣，我被欺騙
我被誇耀和隔絕著
與民族的災難一起，與貧窮、麻木一起
固定在這裡
陷入沉思

## 5 思想者

我常常凝神傾聽遠方傳來的聲音
閃閃爍爍、枯葉、白雪
在悠長的夢境中飄落
我常常向雨後游來的彩虹

尋找長城的影子、驕傲和慰藉
但咆哮的風卻告訴我更多崩塌的故事
——碎裂的泥沙、石塊、淤塞了
運河，我的血管不再跳動
我的喉嚨不再歌唱

我被自己所鑄造的牢籠禁錮著
幾千年的歷史，沉重地壓在肩上
沉重得像一塊鉛，我的靈魂
在有毒的寂寞中枯萎
灰色的庭院呵
寥落、空曠
燕子們棲息、飛翔的地方……
我感到羞愧
面對這無邊無際的金黃色土地
面對每天親吻我的太陽
手指般的，雕刻出美麗山川的光
面對一年一度在春風裡開始飄動的

柳絲和頭髮，項鍊似的
樹枝上成熟的果實
我感到羞愧

祖先從埋葬他們屍骨的草叢中
憂鬱地注視著我
成隊的面孔，那曾經用鮮血
賦予我光輝的人們注視著我
甚至當孩子們來到我面前
當花朵般柔軟地小手信任地撫摸
眸子純淨得像四月的湖
我感到羞愧

我的心被大洋彼岸的浪花激動著
被翅膀、閃電和手中升起的星群激動著
可我卻不能飛上天空、像自由的鳥
和昔日從沙漠中走來的人們
駕駛過獨木舟的人們

我的心在鬱悶中焦急地顫慄
歡聚到一起

就讓這渴望、折磨和夢想變成力量吧
像積聚著激流的冰層，在太陽下
投射出奔放的熱情
我像一個人那樣站在這裡，一個
經歷過無數痛苦、死亡而依然倔強挺立的人
粗壯的肩膀、昂起的頭顱
就讓我最終把這鑄造惡夢的牢籠摧毀吧
把歷史的陰影，戰鬥者的姿態
像夜晚和黎明那樣連接在一起
像一分鐘一分鐘增長的樹木、綠蔭、森林
我的青春將這樣重新發芽
我的兄弟們呵，讓代表死亡的沉默永久消失吧
像覆蓋大地的雪——我的歌聲
將和排成「人」字的大雁並肩飛回
和所有的人一起，走向光明

我將托起孩子們
高高地、高高地、在太陽上歡笑……

## 作者簡介

——楊煉（1955-），出生於瑞士，成長於北京，現居倫敦與柏林。七〇年代後期開始寫詩，為文學雜誌《今天》主要作者之一。一九八三年以長詩〈諾日朗〉轟動大陸詩壇。一九八七年被中國讀者推選為「十大詩人」之一，同年在北京與芒克、多多、唐曉渡等創立「倖存者」詩人俱樂部。一九九九年獲義大利Flaiano國際詩歌獎，同年以詩集《大海停止之處》獲英國詩歌書籍協會推薦英譯詩集獎。二〇〇八、二〇一一年，兩次以最高票當選為國際筆會理事。二〇一二年獲義大利尼諾國際文學獎，二〇一四年獲卡普里國際詩歌獎，二〇一九年又獲該國蘇爾摩納國家文化獎。作品以詩和散文為主，兼及文學與藝術批評，已出版多部詩集、散文集與文論集，作品被譯成三十餘種外文。

# 我是一個任性的孩子

1981

顧城

我想在大地上畫滿窗子
讓所有習慣黑暗的眼睛
都習慣光明

也許
我是被媽媽寵壞的孩子
我任性

我希望
每一個時刻
都像彩色蠟筆那樣美麗
我希望
能在心愛的白紙上畫畫
畫出笨拙的自由

畫下一隻永遠不會
流淚的眼睛
一片天空
一片屬於天空的羽毛和樹葉
一個淡綠的夜晚和蘋果

我想畫下早晨
畫下露水所能看見的微笑
畫下所有最年輕的
沒有痛苦的愛情
畫下想像中
我的愛人
她沒有見過陰雲
她的眼睛是晴空的顏色
她永遠看著我
永遠，看著
絕不會忽然掉過頭去

我想畫下遙遠的風景
畫下清晰的地平線和水波
畫下許許多多快樂的小河
畫下丘陵——
長滿淡淡的茸毛
我讓它們挨得很近
讓它們相愛
讓每一個默許
每一陣靜靜的春天的激動
都成為一朵小花的生日

我還想畫下未來
我沒有見過她，也不可能
但知道她很美
我畫下她秋天的風衣
畫下那些燃燒的燭火和楓葉
畫下許多因為愛她
而熄滅的心

畫下婚禮
畫下一個個早早醒來的節日——
上面貼著玻璃糖紙
和北方童話的插圖

我是一個任性的孩子
我想塗去一切不幸
我想在大地上
畫滿窗子
讓所有習慣黑暗的眼睛
都習慣光明
我想畫下風
畫下一架比一架更高大的山嶺
畫下東方民族的渴望
畫下大海——
無邊無際愉快的聲音

最後，在紙角上

我還想畫下自己
畫下一隻樹熊
他坐在維多利亞深色的叢林裡
坐在安安靜靜的樹枝上
發愣
他沒有家
沒有一顆留在遠處的心
他只有，許許多多
漿果一樣的夢
和很大很大的眼睛

我在希望
在想
但不知為什麼
我沒有領到蠟筆
沒有得到一個彩色的時刻
我只有我
我的手指和創痛

只有撕碎那一張張
心愛的白紙
讓它們去尋找蝴蝶
讓它們從今天消失

我是一個孩子
一個被幻想媽媽寵壞的孩子
我任性

一九八一年三月

作者簡介

——顧城（1956-1993），詳見本書頁一四三。

# 在這寬大明亮的世界上

顧城

在這寬大明亮的世界上
人們走來走去
他們圍繞著自己
像一匹匹馬
圍繞著木樁
在這寬大明亮的世界上
偶爾，也有蒲公英飛舞
沒有誰告訴他們
被太陽曬熱的所有生命
都不能遠去
遠離即將來臨的黑夜
死亡是位細心的收穫者
不會丟下一穗大麥

一九八一年七月

## 作者簡介

——顧城（1956-1993），詳見本書頁一四三。

# 是誰在說，黃昏

1981

顧城

是誰在說，黃昏
黃昏，用玻璃糖紙的聲音

來過節的朋友們
已經下山了
被洗淨的石子路
使人想到海的轟鳴
下山了，各種年齡的手
都拿著鮮紅的葉子
都在蜻蜓的翅膀後
明確地說著什麼
空氣，脆弱而透明

是誰在說，黃昏

黃昏，用遠處掘地的聲音

年老的蘋果樹
不說話了
巨大的陵墓和山群
一起，在傾斜的光亮中
滑動，影子像墨色的鬆
緊帶，被時間拉長
被固定在製作陶器的圓盤上
沒有斷裂，沒有勇敢的瞬間
沒有英雄

是誰在說，黃昏
黃昏，用杯子移動的聲音

表演了一天的世界
該卸妝了
一點點洗去鮮血和花粉

再沒有悲劇，沒有了
觀眾，最後一個小孩
綠顏色的，從遠處跑來
蹦跳一下，站住
等她的弟弟
她的微笑像她的母親

一九八一年十月

作者簡介

——顧城（1956-1993），詳見本書頁一四三。

# 履歷

1982

北島

我曾正步走過廣場
剃光腦袋
為了更好地尋找太陽
卻在瘋狂的季節
轉了向，隔著柵欄
會見那些表情冷漠的山羊
直到從鹽鹼地似的
白紙上看到理想
我弓起了脊背
自以為找到了表達真理的
唯一的方式，如同
烘烤著的魚夢見海洋
萬歲！我只他媽喊了一聲
鬍子就長出來

糾纏著，象無數個世紀
我不得不和歷史作戰
並用刀子與偶像們
結成親眷，到不是為了應付
那從蠅眼中分裂的世界
在爭吵不休的書堆裏
我們安然平分了
倒賣每一顆星星的小錢
一夜之間，我賭輸了
腰帶，又赤條條地回到世上
點著無聲的菸捲
是給這午夜致命的一槍
當天地翻轉過來
我被倒掛在
一棵墩布似的老樹上
眺望

## 作者簡介

——北島（1949-），詳見本書頁一二四。

# 同謀

1982

北島

很多年過去了，雲母
在泥沙裡閃著光芒
又邪惡，又明亮
猶如腹蛇眼睛中的太陽
手的叢林，一條條歧路出沒
那隻年輕的鹿在哪兒
或許只有墓地改變這裡的
荒涼，組成了市鎮
自由不過是
獵人與獵物之間的距離
當我們回頭望去
在父輩們肖像的廣闊背景上
蝙蝠劃出的圓弧，和黃昏
一起消失

我們不是無辜的
早已和鏡子中的歷史成為
同謀，等待那一天
在火山岩漿裡沉積下來
化作一股冷泉
重見黑暗

作者簡介

——北島（1949-），詳見本書頁一二四。

# 古鎮

王小龍

1982

古鎮不來大風
大風在萬里之外的戈壁
鎮上垂柳永遠古典地擺動
簷腳只是偶爾砸到頭上
橋堍的茶館潮漲潮落
一天兩趟，人們
不看報紙也很會做人
再老的房子裡嬰兒照樣出生
古鎮流氓不會打架
古鎮工廠沒有大門
古鎮人家都有幾個錢
因此哪裡都不去
就在客堂把骨頭扔出門外
門外是河

河裡有魚
古鎮之魚一動不動夢入莊周
古鎮夜半常有大雨
濕淋淋赤條條來來去去說說笑笑
盡是可愛的女鬼

一九八二年九月

### 作者簡介

——王小龍（1954-），海南瓊海人，現居上海。詩人、紀錄片工作者。一九六八年開始詩歌寫作。著有詩集《每一首都是情歌》、《男人也要生一次孩子》、《每個年代都有它的表情》、《我的老吉普》等。紀錄片作品有《一個叫做家的地方》、《莎士比亞長什麼樣》等。

# 廢園

## 王小龍

我們惺惺相惜
在清晨
你一池殘荷
我兩眼近視
兩個失戀者
被昨夜關在門外
沿長廊一路亂撿
上吊繩和半截梳子
和誰的腳後跟
亂撿亂扔

我們垂釣不是為了魚吧
我們苦吟不是為了詩吧
我們坐著不是為了屁股吧

蚊子咬遍全身
我們揮舞短褲
服務員和丫鬟都躲了起來
每扇雕花木窗後
都有眼睛

貞德牌坊上怪鳥在叫
這叫聲可以有無數詮釋
你們出來吧
和時間隱身的一切
當閃電鑽出涼亭
照亮石縫中蝮蛇的分娩
這神祕的瞬間

一九八二年九月

**作者簡介**

——王小龍（1954-），詳見本書頁一七六。

# 我要編一只小船



顧城

我是青草中渺小的生命
我沒有辦法長大
我只想去一個
沒有大象和長鐵鏈的地方
去到那裡偉大，我只有
不停地在河岸上奔跑
去收集午後鬆軟的香蒲草
和太陽光，我想
編一只小船
船上有兩個座位
我認識一個不哭的布娃娃
她不害怕時膽子很大
她敢在綠窗檯上單獨
演奏，她有好幾塊動物餅乾

我還沒說：咱們一起
去橫渡世界

在我疲倦的時候
我就靠著去年的
乾樹枝，去想像對岸的風景
——那裡的小房子會睜眼睛
那裡的森林都長在強盜臉上
那裡的小矮人
不上學就能對付螃蟹和生字
有次，我聽見
雨在兩塊盾牌後和誰說話
他們是在商量
一個計謀，叫那些
金黃金黃的小花去學拼音
去到小路上，歡迎外賓
在必要的時候
把所有淚水都變成

甜的，包括委屈的目光

我不是紅蜜蜂
不關心淚水的營養
我很忙，我要編那只小船
我要去對岸
去那個沒有想好的地方
我覺得，有人等我
在發燙的夢裡，有麥芽糖熔化
我很忙，我的河岸
已經破碎，已經被
寬闊的夏天淹沒
我很忙，水流已經覆蓋了一切
無聲的水草在星星中
漂動，在不斷延長
那毛絨絨的影子，我很忙
有人等我，是誰相信了有對岸
有海洋，也有東方

我要去世界對岸
我需要船，需要一個同伴
我要帆，要像水鳥那樣
弓起翅膀，在空氣中
劃下細細的波紋
我要去對岸，我編那只船
直到太陽的脖子酸了
陽光被寬樹葉一根根剪斷
直到香蒲草被秋天拿去做窩
暗紅的灌木中光線很暗
直到冬天，直到月亮
被凍在天上，像個銀亮的水窪
群山背過身去睡覺
誰也不說活，直到
那個不哭的布娃娃哭了，以為
對岸已經到達

一九八二年七月

## 作者簡介

——顧城（1956-1993），詳見本書頁一四三。

# 中國門牌：一九八三

宋琳

我從歷史博物館
長長的長廊出來
迎面同七點鐘的太陽撞個滿懷
工人，為新落成的乳白色公寓
釘門牌
道路——未來
標號——一九八三

我的眼前掠過阿房宮殘骸
圓明園遺址
掠過永遠照不到太陽的鏤金門匾
上面用潦草的書法勾勒出一個時代

但我的身旁畢竟是

中國的大街在流動啊
流動著陽光和牛奶
流動著一大早就印發的新聞聯載
關於廣場塑像的奠基儀式
定向爆破和崛起的陽臺

人口密度已精密計算過了
所有的家庭都應擁有
一套刷新的住宅
一塊藍色的門牌
乳燕般擁擁擠擠的屋脊
不再遮掩三代同堂的祕密
太陽以不斷更新的時間概念
天天升臨每扇玻璃窗
向天空炫耀立體的氣派

越過無軌電車黑色的飄帶
我看見，建築系的女實習生

正向微笑的人群分發住房證
相信每一把亮晃晃的鑰匙
都能把一個天地打開
相信任何複雜的期待
都納入流線型的勞動節拍

中國門牌
以金屬的亮度
輻射我身後三千年歷史
在擁擠與寬敞之間
在現實與憧憬之間
高舉一行立起的數字
——一九八三
走向未來

## 作者簡介

——宋琳（1959-），出生於福建廈門，祖籍寧德。上海華東師範大學中文系畢業。一九九一年移居法國，曾就讀於巴黎第七大學遠東語言與文明系，先後在新加坡、阿根廷居留。曾執教於大學，擔任文學雜誌《今天》的詩歌編輯，《讀詩》與《當代國際詩壇》編委，目前專事寫作與繪畫。曾獲鹿特丹國際詩歌節獎、《上海文學》獎、東蕩子詩歌獎等。著有詩集《門廳》、《斷片與驪歌》、《城牆與落日》、《雪夜訪戴》、《告訴雲彩》、《口信》；隨筆集《對移動冰川的不斷接近》、《俄爾甫斯回頭》。編有《空白練習曲》、《親愛的張棗》。

# 策馬行在雨中的草原

周濤

原野驟然間
被風和雲團擠得不空曠了
遠山像滲水的乾墨塊
漸漸洇進宣紙般潮濕的天空
我們從馬鞍後取出雨衣
像披著尖頂斗篷的十字軍騎士
雨下得真大
我們在馬背上承受，不想說話
也不想吹口哨或哼歌
因為這世界此刻全在沉默
靜聽天空對大地的傾訴
馬兒在泥濘裡走
牠的腳越洗越不乾淨
打濕的鬃毛貼在頸上很淒涼

這時候，有的人可能正在家裡看書
或者有位姑娘立在陽臺賞雨
嘩嘩的雨聲使讀書者體會出幸福
也使多情的女子思緒變得濃鬱
哦，他們該是有福的了
然而他們不可能想到我們
我們沒有躲雨的帳篷，此刻
正在雨中的草原策馬而行
可是我們很容易想起他們
在馬背上不說一句話
能想起很多人，很多事情
何況我們不認為自己有多苦
在馬背，在草原，在雨中
很像在書裡，在詩裡
可惜這空曠的地方沒有看見
我們在雨中的草原策馬巡行

## 作者簡介

——周濤（1946-），出生於山西潞城馬場村，一九五五年隨雙親遷居新疆。新疆大學中語系（維吾爾語言文學）畢業。曾任新疆文聯、新疆作協副主席、軍區創作室主任，現為自治區文聯名譽主席。曾獲全國詩集獎、魯迅文學獎、全軍八一獎等。著有詩集《八月的果園》、《牧人集》、《神山》、《野馬群》；散文集《稀世之鳥》、《遊牧長城》、《山河判斷》等。

1983

# 有關大雁塔

韓東

有關大雁塔
我們又能知道些什麼？
有很多人從遠方趕來
為了爬上去
做一次英雄
也有的還來做第二次
或者更多
那些不得意的人們
那些發福的人們
統統爬上去
做一次英雄
然後下來
走進下面的大街
轉眼不見了

也有有種的往下跳
在臺階上開一朵紅花
那就真的成了英雄——
當代英雄

有關大雁塔
我們又能知道些什麼？
我們爬上去
看看四周的風景
然後再下來

## 作者簡介

——韓東（1961-），江蘇南京人。山東大學哲學系畢業。一九八五年與于堅等創立了「他們文學社」，曾主編詩刊《他們》。曾任教職，現為專業作家。著有小說集《西天上》、《我的柏拉圖》、《我們的身體》、《明亮的疤痕》；長篇小說《紮根》、《我和你》；詩集《吉祥的老虎》、《爸爸在天上看我》、《韓東的詩》；詩文集《交叉跑動》；散文《愛情力學》等。作品被譯成多種文字。

# 悄悄咖啡館

王小龍

總想開一家自己的咖啡館
在離家不遠的小街拐角
懸掛一盞黑黝黝的銅皮風燈
在紅松木門板的上方刻上
姓名年齡性別籍貫和履歷
晚上我坐在高高的吧檯上
謙虛地垂下雙腳
閉上一隻眼睛舉起一根手指
數那些閃閃發亮的玻璃杯
我不想掙很多錢
所以招待小朋友默默和聖嬰
招待退休的演員
和離職三年以上的工會主席
我的壁爐中有真正的火苗

濃湯裡有古老的內容
我的咖啡滋味純正
喚醒舊夢和死去的親人
於是我讓你們寫詩
免費供應稿紙
寫顛三倒四的回憶錄
充滿中等程度的傷感
也許我該請來喜多郎本人
讓他永遠只演奏一支曲子
那支曲子
有我不告而別的青春和愛情
輕輕演奏
你們也不再打架和發瘋
心平氣和地坐著
從黃昏到深夜
在布滿水氣的木格窗上
用手指畫出鳥群和好時光
透過它們張望出去

世界就像希望的那樣

一九八四年四月

## 作者簡介

——王小龍（1954-），詳見本書頁一七六。

1984

# 中文系

李亞偉

中文系是一條撒滿鉤餌的大河
淺灘邊，一個教授和一群講師正在撒網
網住的魚兒
上岸就當助教，然後
當屈原的祕書，當李白的隨從
當兒童們的故事大王，然後，再去撒網

有時，一個樹樁般的老太婆
來到河埠頭——魯迅的洗手處
攪起些早已沉滯的肥皂泡
讓孩子們吃下。一個老頭
在講桌上爆炒野草的時候
放些失效的味精
這些要吃透《野草》的人

把魯迅存進銀行，吃他的利息

在河的上游，孔子仍在垂釣
一些教授用成綹的鬍鬚當釣線
以孔子的名義放排鉤釣無數的人
當鐘聲敲響教室的階梯
階梯和窗格蕩起夕陽的水波
一尾戴眼鏡的小魚還在獨自咬鉤

當一個大詩人率領一夥小詩人在古代寫詩
寫王維寫過的那些石頭
一些蠢鯽魚或一條傻白鰱
就可能在期末漁汛的尾聲
挨一記考試的耳光飛跌出門外

老師說過要做偉人
就得吃偉人的剩飯背誦偉人的咳嗽
亞偉想做偉人

想和古代的偉人一起幹
他每天咳著各種各樣的聲音從圖書館
回到寢室

一年級的學生，那些
小金魚小鯽魚還不太到圖書館
及茶館酒樓去吃細菌，常停泊在教室或
老鄉的身邊，有時在黑桃Q的桌下
快活地穿梭

詩人胡玉是個老油子
就是溜冰不太在行，於是
常常踏著自己的長髮溜進
女生密集的場所用鰓
唱一首關於晚風吹了澎湖灣的歌
更多的時間是和亞偉
在酒館的石縫裡吐各種氣泡

二十四歲的敖歌已經
二十四年都沒寫詩了
可他本身就是一首詩
常在五公尺外愛一個姑娘
節假日發半價電報
由於沒記住韓愈是中國人還是蘇聯人
敖歌悲壯地降了一級，他想外逃
但他害怕爬上香港的海灘會立即
被警察抓去考古漢語

萬夏每天起床後的問題是
繼續吃飯還是永遠不再吃了
和女朋友賣完舊衣服後
腦袋常吱吱地發出喝酒的信號
他的水龍頭身材裡拍擊著
黃河憤怒的波濤，拐彎處掛著
尋人啟事和他的畫夾

大夥的拜把兄弟小綿羊
花一個月讀完半頁書後去食堂
打飯也打炊哥
最後他卻被蔣學模主編的那枚深水炸彈
擊出淺水區
現已不知餓死在哪個遙遠的車站

中文系就是這麼的
學生們白天朝拜古人和王力和黑板
晚上就朝拜銀幕或很容易地
就到街上去鳳求凰兮
這顯示了中文系自食其力的能力
亞偉在露水上愛過的那醫專
的桃金娘被歷史系的瘦猴賒去了很久
最後也還回來了亞偉
是進攻醫專的元勳他拒絕談判
醫專的姑娘就有被全殲的可能醫專
就有光榮地成為中文系的夫人學校的可能

詩人楊洋老是打算
和剛認識的姑娘結婚，老是
以鯊魚的面孔游上賭飯票的牌桌
這根惡棍認識四個食堂的炊哥
卻連寫作課的老師至今還不認得
他曾精闢地認為紡織廠
就是電影院就是美味的火鍋
火鍋就是醫專就是知識
知識就是書本就是女人
女人就是考試
每個男人可要及格啦

中文系就這樣流著
教授們在講義上喃喃游動
學生們找到了關鍵的字
就在外面畫上漩渦
畫上教授們可能設置的陷阱

把教授們嘀嘀咕咕吐出的氣泡
在林蔭道上吹到期末

教授們也騎上自己的氣泡
朝下漂像手執丈八蛇矛的
辮子將軍在河上巡邏
河那邊他說「之」河這邊說「乎」
遇著情況教授警惕地問口令：「者」
學生在暗處答道：「也」

根據校規領導命令
學生思想自由命令學生
在大小集會上不得胡說八道
校規規定教授要鼓勵學生創新
成果可在酒館裡對女服務員彙報
不得汙染期終卷面

中文系也學外國文學

重點學鮑狄埃學高爾基，有晚上
廁所裡奔出一神色慌張的講師
他大聲喊：同學們
快撤，裡面有現代派

中文系在古戰場上流過
在懷抱貞潔的教授和意境深遠的月亮
下邊流過，河岸上奔跑著烈女
那些石洞裡坐滿了忠於杜甫的寡婦
和三姨太，坐滿了秀才進士們的小妾

中文系從馬致遠的古道旁流過
以後置賓語的身分
被字句提到生活的前面
中文系如今是流上茅盾巴金們的講臺了

中文系有時在夢中流過，緩緩地
像亞偉撒在乾土上的小便像可憐的流浪著的

小綿羊身後那消逝而又起伏的腳印，它的波浪
正隨畢業時的被蓋捲一疊疊地遠去

### 作者簡介

——李亞偉（1963-），出生於重慶市酉陽縣。四川南充師範學院中文系（今西華師範大學文學院）畢業。一九八〇年代與萬夏、胡冬、馬松、二毛、胡鈺、蔡利華等人創立「莽漢」詩歌流派，與趙野、默默、萬夏、楊黎等人發起第三代人詩歌運動。曾任中學教師，現為出版公司總編輯。曾獲《作家》獎、明天詩歌獎、華語文學傳媒大獎詩歌獎、天問詩歌獎等。著有詩集《豪豬的詩篇》、《酒中的窗戶》、《紅色歲月》；文論集《詩歌與先鋒》、《人間宋詞》等。

# 蘇東坡和他的朋友們

李亞偉

古人寬大的衣袖裡
藏著紙、筆和他們的手
他們咳嗽
和七律一樣整齊

他們鞠躬
有時著書立說，或者
在江上向後人推出排比句
他們隨時都有打拱的可能

古人老是回憶更古的人
常常動手寫歷史
因為毛筆太軟
而不能入木三分

他們就用衣袖捂著嘴笑自己

這些古人很少談戀愛
娶個叫老婆的東西就行了
愛情從不發生三國鼎立的不幸事件
多數時候去看看山
看看遙遠的天
坐一葉扁舟去看短暫的人生

他們這些騎著馬
在古代彷徨的知識分子
偶爾也把筆扛到皇帝面前去玩
提成千韻腳的意見
有時採納了，天下太平
多數時候成了右派的光榮先驅

這些乘坐毛筆大字兜風的學者
這些看風水的老手

提著賦去赤壁把酒
挽著比、興在楊柳岸徘徊
喝酒或不喝酒時
都容易想到淪陷的邊塞
他們慷慨悲歌

唉，這些進士們喝了酒
便開始寫詩
他們的長衫也像毛筆
從人生之旅上緩緩塗過
朝廷裡他們硬撐著瘦弱的身子骨做人
偶爾也當當縣令
多數時候被貶到遙遠的地方
寫些傷感的宋詞

## 作者簡介

——李亞偉（1963-），詳見本書頁二〇四。

1984

# 靈魂之舞

阿來

聽吧
高蹈的舞步漸漸變緩
鼓聲在疲憊的大地上趨於沉寂

土屋裡塘火滅了
木柴上繚繞最後的青煙
霧從河面升向山崗
松脂香潛入人們的睡眠
高的風攀過山口低的風捲動廢棄的紙張
祖先們在這樣的夜晚從天上歸來
他們蹚過牛奶般新鮮的月光
撫摸壁畫上自己的面孔
撫摸鋤頭與鐮刀上光滑的木把
撫摸紙幣。紙幣上陌生人的臉

撫摸所有陌生器物上新鮮的圖案
撫摸我們睡夢中的臉
他們寬大的衣氅絮滿百禽的羽毛
呼吸像明亮秋陽的淡淡溫暖
醒來，我們看見，
一些老樹根像筋絡虬結的手
一些乳房像圓潤的石頭
滿天星星像眼睛一般

這樣的夜晚
我們相信四周充滿祖先的靈魂
額頭上有他們塗抹吉祥的酥油
聽到自己血流旺盛而綿遠

啊，母親們
把高插在牆上的松明點燃
用家傳的木杯與銀碗斟滿蜜酒
我們要在松木清芬的光焰下

聆聽嘉絨人先祖的聲音
讓他們第一千次告訴
我們是風與大鵬的後代
然後，順著部落遷徙的道路
扎入深遠記憶
扎入海一樣深沉的睡眠

## 作者簡介

——阿來（1959-），藏族，生於四川阿壩藏區的馬爾康縣。畢業於馬爾康師範學院，曾任成都《科幻世界》雜誌主編、總編輯及社長，現任四川省作協主席。一九八二年開始詩歌創作，八〇年代中後期轉向小說創作。二〇〇〇年，第一部長篇小說《塵埃落定》獲第五屆茅盾文學獎，為該獎項有史以來最年輕得獎者及首位得獎藏族作家。著有詩集《棱磨河》；小說集《舊年的血跡》、《月光下的銀匠》、《蘑菇圈》；長篇小說《塵埃落定》、《空山》、《格薩爾王》、《瞻對》、《柏上河影》；散文集《大地的階梯》等。

1984

# 我想乘上一艘慢船到巴黎去

胡冬

我想乘上一艘慢船到巴黎去
去看看梵高看看波特萊爾看看畢加索
進一步查清楚他們隱瞞的家庭成分
然後把這些混蛋統統槍斃
把他們搞過計畫要搞來不及搞的女人
均勻地分配給你分配給我
分配給孔夫子及其徒子徒孫

我想乘上一艘慢船到巴黎去
去看看盧浮宮凡爾賽宮其他鳥宮
是否去要回唐爺爺的茶壺宋奶奶的擀面棒
不，我不，法國人也有恥辱
我要走進蓬皮杜總統的大肚子
把那裡的收藏搶劫一空

然後用下流手段送到故宮
送到市一級博物館送到每個中國人家裡

我想乘上一艘慢船到巴黎去
去凱旋門去巴黎聖母院去埃菲爾鐵塔
去星形廣場偷一輛真正的雪鐵龍
然後直奔滑鐵盧大橋
活動安排在一天完成
我要在巴黎的各個名勝
刻上方塊字刻上某君某日到此一遊

我想乘上一艘慢船到巴黎去
去看看公社社員牆看看貝爾——拉雪茲公墓
去看看每個偉人每個無名藝術家的墓地
看看一七八九年死難烈士紀念塔
我要穿得幹幹淨淨，在死者墓前默哀
親手獻上一束中國紅月季
我要選一個良辰吉日

親自去慰問死者的大妻二妻及小妻若干

我想乘上一艘慢船到巴黎去
去看看唐吉老爹，捎去一瓶最熱烈的大曲
我要敲開在巴黎工作的每個中國人的房門
送去一張獎狀，希望他們再接再厲
我要收集巴黎全部右派分子的錯誤言論
並向最老的巴黎市民
打聽喬治桑劫持繆塞劫持蕭邦的確切細節
據此我要召開數次萬人大會
請所有中國兒童參加

我想乘上一艘慢船到巴黎去
去看看貝多芬的三平方米房產
去揍扁用幾顆土豆換走舒伯特小夜曲的老板
揍扁帕格尼尼的全部敵人
我要用手槍頂住紅鼻子警察
命令他立即帶路去巴黎市政廳

我要在那裡集合至少十個以上的市長副市長
辦一個學習班，把他們送進巴士底獄
我要向兩千萬巴黎人遞交措辭強硬的抗議書
抗議他們迫害知識分子的暴行

我想乘上一艘慢船到巴黎去
去看看超級市場看看巴黎百貨公司
所有巴黎土特產我都要帶走
包括上等的巴黎墨水巴黎白蘭地
這一切我以一個中國佬的智慧去獲得
我要統計巴黎健在的傑出人物
採取收買和沒收的政策
把他們分門別類
用掛號郵包寄到中國

我想乘上一艘慢船到巴黎去
把臭襪子和中山服
把裡裡外外的臭火藥

高價賣給那裡的收藏家
我要把精湛的烹飪技術午眠技術
把精湛的嗑瓜子技術傳授給巴黎人民
看到越來越多的蠢驢上當我心頭暗喜
我還要去公共圖書館查閱詳細資料
去走訪居委會走訪街道辦事處
熟諳巴黎的內部結構
然後組織一隻龐大的第五縱隊
配合聖誕夜發動的突襲

我想乘上一艘慢船到巴黎去
去最好的醫院作矯正手術
切除導致不良情緒的盲腸
去最好的療養地享受日光浴蒸氣浴
去最好的花店買一大捧鬱金香
我要穿上最新式的卡丹時裝
然後帶著興奮帶著黃種人的英俊面容
坐快班直接回到長江黃河流域

我要擁抱母親擁抱姊妹擁抱我的好兄弟
這一刻我也沒有半點眼淚
骨節相當粗大完整的朋友們
會心地拍拍我的肩頭

我想乘上一艘慢船到巴黎去
我算過這大約需要十萬分鐘
沿途將經過七大洲五大洋
經過我知道的全部外國
沿途我將認識印度人、阿拉伯人
美國人加拿大人以及其他什麼有趣的蠻夷
我們將討論共同關心的公家問題私人問題
我會同每個國家的領導發生爭吵
會違反任何地方的交通規則
印度公安局埃及公安局甚至美國公安局
都會派出成打成打密探跟蹤我

我想乘上一艘慢船到巴黎去

沿途我將同每個國家的少女相愛
不管是哪國少女都必須美麗
她們將為我生下品種多樣的兒子
這些小混蛋長大後也會到處流竄
成為好人壞人成為傑出的人類
無論走到哪裡人們都會注意他們
他們的眼睛會是黑漆漆的顏色
從滾滾的人流從任何場合
我也會加倍提防這些雜種他們是誰
他們是我的兒子我的好兒子

一九八四年一月

## 作者簡介

——胡冬（1963-），四川成都人，一九九〇年移居英國至今。四川大學歷史系畢業。一九八二年與趙野、唐亞平、郭紹才、廖希、朱智勇、萬夏等人發起「第三代人」詩歌運動；一九八四年與李亞偉、萬夏、馬松等人發起成立「莽漢」詩派。

# 尚義街六號

于堅

尚義街六號
法國式的黃房子
老吳的褲子晾在二樓
喊一聲　胯下就鑽出戴眼鏡的腦袋
隔壁的大廁所
天天清早排著長隊
我們往往在黃昏光臨
打開菸盒　打開嘴巴
打開燈
牆上釘著于堅的畫
許多人不以為然
他們只認識梵高
老卡的襯衣　揉成一團抹布
我們用它拭手上的果汁

他在翻一本黃書
後來他戀愛了
常常雙雙來臨
在這裡吵架　在這裡調情
有一天他們宣告分手
朋友們一陣輕鬆　很高興
次日他又送來結婚的請柬
大家也衣冠楚楚　前去赴宴
桌上總是攤開朱小羊的手稿
那些字亂七八糟
這個雜種警察一樣盯牢我們
面對那雙紅絲絲的眼睛
我們只好說得朦朧
像一首時髦的詩
李勃的拖鞋壓著費嘉的皮鞋
他已經成名了　有一本藍皮會員證
他常常躺在上邊
告訴我們應當怎樣穿鞋子

怎樣小便　怎樣洗短褲
怎樣炒白菜　怎樣睡覺　等等
八二年他從北京回來
外衣比過去深沉
他講文壇內幕
口氣像作協主席
茶水是老吳的　電表是老吳的
地板是老吳的　鄰居是老吳的
媳婦是老吳的　胃舒平是老吳的
口痰菸頭空氣朋友　是老吳的
老吳的筆躲在抽桌裡
很少露面
沒有妓女的城市
童男子們老練地談著女人
偶爾有裙子們進來
大家就扣好鈕子
那年紀我們都渴望鑽進一條裙子
又不肯彎下腰去

于堅還沒有成名
每回都被教訓
在一張舊報紙上
他寫下許多意味深長的筆名
有一人大家都很怕他
他在某某處工作
「他來是別有用心的，
我們什麼也不要講！」
有些日子天氣不好
生活中經常倒楣
我們就攻擊費嘉的近作
稱朱小羊為大師
後來這隻羊摸摸錢包
支支吾吾　閃爍其辭
八張嘴馬上笑嘻嘻地站起
那是智慧的年代
許多談話如果錄音
可以出一本名著

那是熱鬧的年代
許多臉都在這裡出現
今天你去城裡問問
他們都大名鼎鼎
外面下著小雨
我們來到街上
空蕩蕩的大廁所
他第一回獨自使用
一些人結婚了
一些人成名了
一些人要到西部
老吳也要去西部
大家罵他硬充漢子
心中惶惶不安
吳文光　你走了
今晚我去哪裡混飯
恩恩怨怨　吵吵嚷嚷
大家終於走散

剩下一片空地板
像一張空唱片　再也不響
在別的地方
我們常常提到尚義街六號
說是很多年後的一天
孩子們要來參觀

一九八四年六月

## 作者簡介

——于堅（1954-），雲南昆明人。雲南大學中文系畢業。二十歲時開始寫作，一九八五年與韓東等創立詩刊《他們》。著有詩集《詩六十首》、《對一隻烏鴉的命名》、《一枚穿過天空的釘子》、《于堅的詩》、《彼何人斯》、《我述說你所見》、《作為事件的詩歌》（荷蘭語版）、《0檔案》、《小鎮》、《被暗示的玫瑰》（法語版）、《便條集》、《于堅的詩》（英文版）、《0檔案》、《卡塔出它的石頭》、《飛行》（西班牙語版）、《于堅詩選》（亞美尼亞語版）、《世界呵，你進來吧》（波蘭語版）、《0檔案》（德語版）；散文集《棕皮手記》、《雲南這邊》、《挪動》、《暗盒筆記》；攝影集《大象石頭檔案》等四十多種。曾獲魯迅文學獎、華語文學傳媒大獎年度詩人獎、華語文學傳媒大獎年度傑出作家獎、朱自清散文獎、人民文學詩歌獎、呂梁文學獎年度詩歌獎等。德語版詩選集《0檔案》獲德國亞非拉文學作品推廣協會Litprom（Gesellschaft zur Förderung der Literatur aus Afrika, Asien und Lateinamerika e.v.）主辦的二〇一一年「感受世界」（Weltempfänger）—亞非拉優秀文學作品評選第一名，詩集《便條集》入圍美國BTBA二〇一一年度最佳翻譯圖書獎，詩集《被暗示的玫瑰》入圍法國二〇一五年「發現者詩歌獎」，紀錄片《碧色車站》入圍阿姆斯特丹國際紀錄片電影節銀狼獎單元。系列攝影作品獲美國《國家地理》雜誌華夏典藏獎。

# 在哈爾蓋仰望星空

西川

有一種神祕你無法駕馭
你只能充當旁觀者的角色
聽憑那神祕的力量
從遙遠的地方發出信號
射出光來，穿透你的心
像今夜，在哈爾蓋
在這個遠離城市的荒涼的
地方，在這青藏高原上的
一個蠶豆般大小的火車站旁
我抬起頭來眺望星空
這時河漢無聲，鳥翼稀薄
青草向群星瘋狂地生長
馬群忘記了飛翔
風吹著空曠的夜也吹著我

風吹著未來也吹著過去
我成為某個人，某間
點著油燈的陋室
而這陋室冰涼的屋頂
被群星的億萬隻腳踩成祭壇
我像一個領取聖餐的孩子
放大了膽子，但屏住呼吸

## 作者簡介

——西川（1963-），原名劉軍，詩人、散文和隨筆作家、翻譯家，生於江蘇，北京大學英文系畢業。曾任美國紐約大學東亞系訪問教授、加拿大維多利亞大學寫作系奧賴恩訪問藝術家、北京中央美術學院人文學院教授、圖書館館長，現為北京師範大學特聘教授。曾獲魯迅文學獎、上海《東方早報》文化中國十年人物大獎（二〇〇一—二〇一一）、書業年度評選年度作者獎、德國魏瑪全球論文競賽十佳、瑞典玄蟬詩歌獎、日本東京詩歌獎等。著有詩集《夠一夢》；詩文集《深淺》；專論《唐詩的讀法》；譯著《米沃什詞典》（合譯）、《博爾赫斯談話錄》等二十餘部著作。詩歌和隨筆被收入多種選本並被廣泛譯介，發表於二十多個國家的報刊雜誌。紐約新方向出版社二〇一二年出版由Lucas Klein英譯的《蚊子誌：西川詩選》，入圍二〇一三年度美國最佳翻譯圖書獎並獲美國文學翻譯家協會二〇一三年盧西恩・斯泰克亞洲翻譯獎。

# 兄弟

宋琳

我敢肯定從街那邊的暗影裡走來的那位
是我的兄弟
他原先是霍童地方人
他所屬的家族和種族有高貴的血統
他鼻子的輪廓顯示南部山脈十分剛毅的特徵
他是一個難得的好人
這一點我敢肯定
我敢肯定的還有他是出自一個偶然的原因離開故土
母親哭得死去活來
未婚的表妹在井臺邊咬破一節食指
他歪戴著自己編織的草帽沿單行鐵軌走來
在客棧投宿過
喝過河裡的水
他喉嚨裡嚕咕的南部發音肯定令城市感到不適

遠遠地見他來
就有許多人開始自危
許多人交頭接耳編造他的謠言
但他從未聽說這座城市的發展史
這一點我敢肯定

今天是一九八五年四月一日
四月不是最殘酷的一月我仰起臉來彷彿看到了春天
我還看到了我的兄弟
從街那邊走來
我敢肯定他也仰起臉來看到了不遠處的春天
他站在我身旁和我非常相像
他和我等候的是同一輛電車
他想去的地方正是我要去的
這一點我敢肯定
我試著走向前去招呼他的乳名
像過去一樣痛快地擁抱握住他的手

說起我們的母親
說起各自的遭遇
我試著把這一念頭翻譯成最音樂的南部語言
並讓他身體底部的一塊腹板發出共鳴

我確實這樣做了我敢肯定
當我向他靠得更近些我才發現
他不是我先前的兄弟不是
他漠然而同情地看了我一眼
彷彿矜傲的白人紳士看見一個黑鬼土生子

作者簡介

——宋琳（1959-），詳見本書頁一八七。

# 民國的下午

柏樺

有一個人在叩門，用憂傷的指頭
有一個人在行走，也心事重重
有一個人在嘆氣，提著個八哥
有一個人在痛哭，渾身發抖
就讓他像這副樣子吧
誰察覺誰就如釋重負

要盼望什麼？要說明什麼？
注視或忘卻即將合攏
心急如焚又藏而不露
寂靜暗中包圍著
翻飛的樹葉正迷離撲朔
那就下定決心吧

讓那人反覆叩門
讓那人反覆行走
讓那人反覆嘆氣
讓那人反覆痛哭
你就坐在這裡一絲不動

一九八五

**作者簡介**

——柏樺（1956-），出生於重慶，現居成都。廣州外國語學院英語系畢業。曾任職於西南農業大學、四川外語學院、南京農業大學，現為西南交通大學中文系教授。曾獲安高詩歌獎、上海文學詩歌獎等。著有詩集《往事》、《望氣的人》、《史記：1950-1976》、《史記：晚清至民國》、《袖手人》；文集《一點墨》、《別裁》；隨筆集《去見梁宗岱》；回憶錄《左邊——毛澤東時代的抒情詩人》；專著《今天的激情》等。

# 熟了麥子

1985

海子

那一年
蘭州一帶的新麥
熟了

在水面上
混了三十多年的父親
回家來

坐著羊皮筏子
回家來了

有人背著糧食
夜裡推門進來

油燈下
認清是三叔

老哥倆
一宵無言

只有水煙鍋
咕嚕咕嚕

誰的心思也是
半尺厚的黃土
熟了麥子呀！

一九八五年一月二十日

## 作者簡介

——海子（1964-1989），原名查海生。生於安徽省安慶市懷寧縣高河鎮查灣村。一九七九年考入北京大學法律系，一九八二年開始詩歌創作，一九八三年大學畢業後分配至中國政法大學工作。一九八九年三月二十六日在山海關附近臥軌自殺。生前創作了近二百萬字的詩歌、詩劇、小說、論文和札記等作品，去世後結集出版《土地》、《海子的詩》、《海子詩全編》、《海子詩全集》等。詩作〈面朝大海，春暖花開〉入選中國中學課本，其作品，特別是抒情短詩已成為當代中國詩歌經典。

# 寫給脖子上的菩薩

1985

海子

呼吸，呼吸
我們是裝滿熱氣的
兩隻小瓶
被菩薩放在一起

菩薩是一位很願意
幫忙的
東方女人
一生只幫你一次

這也足夠了
通過她
也通過我自己
雙手碰到了你，你的

## 呼吸

兩片抖動的小紅帆
含在我的唇間
菩薩知道
菩薩住在竹林裡
她什麼都知道
知道今晚
知道一切恩情
知道海水是我
洗著你的眉
知道你就在我身上呼吸
，呼吸

菩薩願意
菩薩心裡非常願意
就讓我出生

讓我長成的身體上
掛著潮濕的你

一九八五年四月

作者簡介

——海子（1964-1989），詳見本書頁二三四。

# 雨中的馬

陳東東

黑暗裡順手拿一件樂器。黑暗裡穩坐
馬的聲音自盡頭而來

雨中的馬

這樂器陳舊，點點閃亮
像馬鼻子上的紅色雀斑，閃亮
像樹的盡頭
木芙蓉初放，驚起了幾隻灰知更鳥

雨中的馬也注定要奔出我的記憶
像樂器在手
像木芙蓉開放在溫馨的夜晚
走廊盡頭

我穩坐有如雨下了一天

我穩坐有如花開了一夜
雨中的馬。雨中的馬也注定要奔出我的記憶
我拿過樂器
順手奏出了想唱的歌

**作者簡介**

——陳東東（1961-），祖籍江蘇吳江，出生並長期生活於上海。上海師範大學中文系畢業。一九八〇年代初開始寫作，曾創辦和主編民間詩刊，擔任民間詩歌獎評委，二〇〇五年以來參與策畫每年一屆的「三月三詩會」，並編選出版「三月三詩會」作品選三卷。著有詩集《海神的一夜》、《明淨的部分》、《即景與雜說》、《導遊圖》、《陳東東的詩》；詩文集《短篇•流水》；散文集《一排浪》；隨筆集《黑鏡子》、《隻言片語來自寫作》等。作品被譯成多種文字在國外出版。曾與張耳合編中英文詩選《*Another Kind of Nation: an Anthology of Contemporary Chinese Poetry*／別處的集合：24人雙語詩選》。

# 1985——太陽和他的反光（選三）——江河

相關內容參閱附錄二。

## 作者簡介

——江河（1949-），詳見本書頁一三二。

附錄一

# 讀李金髮的兩首詩

陳大為

李金髮是中國象徵主義詩歌的開山鼻祖，他的詩走一條跟整個五四世代截然不同的路子，表面上看來似乎因過度扭曲而造成詮釋障礙的句構，以及高度寓意性的用詞，卻能夠產生非常特殊的詩意，猛烈衝撞當時讀者對新品種詩歌的期待視野，又讓人隱隱然覺得這可能是一種開天闢地的嶄新寫法。毫無疑問的，李金髮的詩歌才華遠高於胡適，故能自成一家，亦有「詩怪」之稱。

一九一九年底，李金髮與中學同學林風眠，申請到留法勤工儉學運動的留學名額，一百多人浩浩蕩蕩從上海搭船到馬賽港，接著被安排至巴黎郊區的楓丹白露中學補習法語。翌年，李金髮等人放棄勤工儉學資格，改為自費留學，他跟林風眠一起考上第戎（Dijon）的國立第戎美術學院。李金髮的年紀比林風眠大了兩天，兩人同窗多年故十分要好，第戎時期的林風眠名叫「鳳鳴」，李金髮給他取了個「蜂鳴」的花名，還寫了一首〈給蜂鳴〉（一九二二）的詩，刊登在《語絲》（一九二五），隨即收入李金髮的處女作詩集《微雨》（一九二五）。如果沒弄清楚「蜂鳴」跟「鳳鳴」的關係，這首詩的詮釋會出亂子：

淡白的光影下，我們蜷伏了手足，

口裡嘆著氣如冬夜之惡狼；
腦海之汙血循環著，永無休息，
脈管的跳動顯出死之預言。

深望黑夜之來，遮蓋了一切
恥辱，明媚，飢餓與多情；
地獄之門亦長閉著如古剎，
任狐兔往來，完成他們之盛會。

我願長睡在駱駝之背，
遠遊西西利之火山與地上之沙漠；
無計較之陽光，將徐行在天際，
我死了多年的心亦必再生而溫暖。

你！野人之子，名義上的朋友，
海潮上仇視之蛤殼與蘆葦之呻吟
將與情愛同笑在你之心靈裡，
或舞蹈在湖光之後，節奏而諧和也。

我愛你的哭甚於你的笑，
憂戚填塞在胸膛裡，露出老貓之嘆息。
你以為「冷風怒號萬松狂嘯」，
長天原野變成一片紫黛，如老囚之埋葬。

海深的世界之眼，滿溅著女人之淚，
任我們槳棹往來，荇藻生長，
惟太陽之光可使其乾枯在片刻。
但願既得之哀怨長為意識之同僚。

奴隸之奴隸，還帶點微笑，
兩手靠在胸後似與人作揖。
捷克斯拉夫人之勝利與傲氣，
將到世界之終期而不衰歇。

欲出此羞怯之場所與煩悶之行程，
當學猶太人之四向奔競麼？

「一領袈裟」不能禦南俄之冷氣
與深喇叭之戰慄。

這是遊獵者失路之叫喊，
深谷之回聲，武士之流血，
應在時間大道上之
淡白的光影下我們倦伏了手足。

詩裡的「我們」即是李金髮和「林蜂鳴」這對情同手足的同學，蜂鳴的人物形象和兩人之間的互動構成全詩的主幹，裡面藏著外人難以解讀的訊息，但這不是全詩的重點，那只是承載之物，真正的關鍵是李金髮在摸索的象徵手法，以初步建造出來的意象系統。當然，其中混紡著某些感覺像消化不良的古文字眼，形同雕塑之初胚。這初胚蘊含李金髮日後迅速成熟的好些基本刀法，隔年完稿的〈棄婦〉（一九二三）便是其完型：

長髮披遍我兩眼之前，
遂隔斷了一切羞惡之疾視，
與鮮血之急流，枯骨之沉睡。
黑夜與蚊蟲聯步徐來，

越此短牆之角，
狂呼在我清白之耳後，
如荒野狂風怒號：
戰慄了無數遊牧。

靠一根草兒，與上帝之靈往返在空谷裡。
我的哀戚唯遊蜂之腦能深印著；
或與山泉長瀉在懸崖，
然後隨紅葉而俱去。

棄婦之隱憂堆積在動作上，
夕陽之火不能把時間之煩悶
化成灰燼，從煙突裡飛去，
長染在遊鴉之羽，
將同棲止於海嘯之石上，
靜聽舟子之歌。

衰老的裙裾發出哀吟，

徜徉在丘墓之側，
永無熱淚，
點滴在草地
為世界之裝飾。

這首〈棄婦〉是李金髮的代表作，多年來有過無數的評析，基本上是比較容易理解的，在此不贅。李金髮很多詩篇背後都隱藏著一個以法國為根據的田園世界，而且總是被黑夜籠罩著，由此安排一系列「惡之華」血緣的意象，肆無忌憚的寫他想寫的詩篇，高興怎麼寫就怎麼寫。二十世紀中國詩史往後的七、八十年，儘管名家輩出，但沒有誰能像李金髮的詩一樣，孤傲、奇峻的屹立在原地，不管喜不喜歡，都得認真讀上一遍。

# 讀江河的四首詩

陳大為

江河在一九七一年開始寫詩，陸續發表了〈紀念碑〉、〈我歌頌一個人〉、〈葬禮〉、〈祖國啊祖國〉、〈沒有寫完的詩〉、〈星星變奏曲〉等多首「大寫的朦朧詩」，這時期的江河為大時代形塑了人民英雄的角色，自己也站上為時代發聲的位置。江河在一九八〇年代慎重地思考現代史詩的創作，他覺得史詩的時代過去了，漢民族卻沒留下史詩，作為個人在歷史中所盡可能發揮的作用，作為詩人的良心和使命，不是沒有該反省的地方。他對古代詩人錯失史詩創作的黃金時期深感遺憾，這事無法回頭去彌補，他只重建一個屬於二十世紀中國詩史的地景。江河信心主要來自〈祖國啊祖國〉（一九七八），他對歷史文化的感受力，以及詩歌語言中表現出來的雄渾氣象，在同輩詩人中只有楊煉可以相提並論。

〈祖國啊祖國〉在篇名的設定上，較容易讓人產生類似「頌歌」的空洞錯覺，其實剛好相反，江河面對祖國河山的情感十分複雜，充滿惋惜、悲愴，和找不到出口發洩的苦悶。美好的文化事物在現實世界中不斷耗損，難道當代中國的子民只能反覆回味陳年的輝煌，來粉飾傾頹的現實，麻醉自己的反思？江河忍不住流露出朦朧詩特有的承擔意識，詩人能夠為國家所做的事，不外乎寫作，一股為祖國創作史詩的使命感開始驅動著他的筆，以及潛藏著宏偉的文化藍圖的胸臆。祖國遂成為一幅供他翻山越嶺的山水畫，捲軸在手中如鷹翼展開，悲痛的思緒駕馭激昂的語言，情感結實的山河意象，從英雄殉難的地方開始反省歷史周而復始的苦難：

在英雄倒下的地方
我起來歌唱祖國

我把長城莊嚴地放上北方的山巒
晃動著幾千年沉重的鎖鏈
高舉起剛剛死去的兒子
他的軀體還在我手中抽搐
我的身後，有我的母親
民族的驕傲，苦難和抗議
在歷史無情的眼睛裡
掠過一道不安
深深地刻在我的額角
一條光榮的傷痕
硝煙從我頭上升起
無數破碎的白骨叫喊著隨風飄散

驚起白雲
驚起一群群純潔的鴿子

隨著鴿子，憤怒和熱情
我走過許多年代，許多地方
走過戰爭，廢墟，屍體
拍打著海浪像拍打起伏的山脈
流著血
托起送走血紅血紅的太陽
影子浮動在無邊的土地
斑斑點點——像湖泊，像眼淚
像綠濛濛的森林和草原
隱藏著悲哀和生命的人群在閃動
像我的民族隱隱作痛的回憶
沒有一片土地使我這樣傷心，激動
沒有一條河流使我這樣沉思和起伏
這土地，彷彿疲倦了，睡了幾千年

石頭在惡夢中輾轉，堆積
緩慢地長成石階、牆壁、飛簷
像香座，像一枝枝鍍金的花朵
幽幽的鐘聲在枝頭顫慄
抖落了一年一度的希望
葬送了一個又一個早晨
一座座城市像島嶼一樣浮起，漂泊
比霧中的船隻還要迷惘
大片大片的莊稼在汗水中成熟
彷彿農民樸素的信仰
沒有什麼
留給醒來的時候
留給晴朗的寂默

也許
煩惱和血性就從這時湧起
火藥開始冒煙
指南針觸動了彎成弓似的船舶

絲綢朝著河流相反的方向流往世界
一抹餘輝，溫柔地織出星星
把美好的神話和女人託付給月亮
那麼，有什麼必要
讓帝王的馬車在紙上壓過一道道車轍
讓人民像兩個字一樣單薄，瘦弱
再讓我炫耀我的過去
我說不出口
只能睜大眼睛
看著青銅的文明一層一層地剝落
像乾旱的土地，我手上的老繭
被風抽打的一片片誠實的嘴唇
我要向緞子一樣華貴的天空宣布
這不是早晨，你的血液已經凝固

然而，祖國啊
你畢竟留下了這麼多兒子
留下勞動後充血的臂膀

低垂著——漸漸握緊了拳頭
留下歷史煙塵中一面面反叛的旗
留下失敗，留下旋轉的森林
枝丫交錯地伸向天空
野獸咆哮
層層疊疊的葉子在北方涔涔飄落
依舊濃郁地覆蓋著南方
和沉重的莊稼一同翻滾
鳥群呼啦啦飛起
祖國啊，你留一些這樣美好的山川
留下渴望和責任，瀑布和草
留下熠熠閃爍的宮殿，古老的呻吟
一群群喘息的灰色的房屋
留下強烈的對比、不平
沙漠和曲曲折折的港灣
山頂上冰一樣冷靜的思考
許多年的思考
轟轟隆隆響著，斷裂著

焦爭地變成水
投向峽谷，深沉，激蕩
與黑壓壓的岩石不懈地衝撞
湧向默默無聲地伸展的土地

在我民族溫厚的性格裡
在淳樸、釀造以及酒後的痛苦之間
我看到大片大片的羊群和馬
越過柵欄，向草原移動
出汗的牛皮、犁耙
和我老樹一樣粗糙的手掌之間
土地變得柔軟，感情也變人堅硬

只要有群山平原海洋
我的身體就永遠雄壯，優美
像一棵又一棵樹一片又一片濤聲
從血管似的道路上河流中
滾滾而來——我的隊伍遼闊無邊

只要有深淵、黑暗和天空
我的思想就會痛苦地升起，飄揚在山巔
只要有蘊藏，有太陽
我的心怎能不跳出，走遍祖國

樹根和泥淖中跋涉的腳是我的根據
苦味的風刺激著，小麥和煙囪在生長
什麼也擋不住
即使修造了門，築起了牆
房子是為歡聚、睡眠和生活建造的
一張幫窗口像碰出響聲的晶瑩酒杯
閃著光的書籍一頁一頁地翻動
繁殖也不意味著擁擠和爭吵
只要有手，手和手就會握在一起
哪怕是沙漠中的一串鈴聲，鈴鐺似的
椰子樹脖子上搖動的椰子
燙手的空氣中，沙灘上疲倦的網
同樣是我的希望

寒冷的松針以及稻子的芒刺
是我射向太陽的陽光
太陽就垂在我的肩上，像櫻桃，像葡萄
癢酥酥的，像汗水和吻流過我的胸脯
烏雲在我的叫喊和閃電之後
降下瘋狂的雨
像垂死的報復
落下陰慘慘的撕碎了的天空

那麼，在歷史中
我會永運選擇這麼一個時候
在潮濕和空曠中
把我的聲音壓得低低地低低地
壓進深深的礦藏和胸膛
呼應著另一片大陸的黑人的歌曲
用低沉的喉嚨灼熱地歌唱祖國

這首長達一百廿九行的〈祖國啊祖國〉，是江河早期「宏大敘事」的風格結晶，亦是朦朧詩的重要地景。「祖國」承載了他膨脹到極限的家國情感，卻不能滿足他對中國傳統文化的思考，這條路走不下去，他的現代史詩寫作必須另闢險徑。一九八五年，他在《黃河》創刊號發表了「輕量化史詩」——《太陽和他的反光》（十二首）。第一首是〈開天〉，江河沒有用雷霆萬鈞之勢來描述盤古開天闢地的大場面，反而把視覺上的聲光效果，轉成更為內斂、複雜的精神狀態，透過開創性的寓意來述說心中藍圖。一向以動作取勝而缺乏內心刻畫的中國神話英雄，終於有了可供分析的心理活動，這是江河在「英雄轉化」上的第一項嘗試。這股低分貝的「英雄轉化」在〈追日〉一詩表現得最突出。江河把夸父的英雄形象作了一百八十度的驚人轉變：

上路的那天，他已經老了
否則他不去追太陽
上路那天他作過祭祀
他在血光中重見光輝，他聽見
土裡血裡天上都是鼓聲
他默念地站著扭著，一個人
一左　一右　跳了很久
儀式以外無非長年獻技
他把蛇盤了掛在耳朵上
把蛇拉直拿在手上

瘋瘋癲癲地戲耍
太陽不喜歡寂寞

蛇信子尖尖的火苗使他想到童年
蔓延地流竄到心裡

傳說他渴得喝乾了渭水黃河
其實他把自己斟滿了遞給太陽
其實他和太陽彼此早有醉意
他把自己在陽光中洗過又曬乾
他把自己坎坎坷坷地鋪在地上
有道路有皺紋有乾枯的湖

太陽安頓在他心裡的時候
他發覺太陽很軟，軟得發疼
可以摸一下了，他老了
手指抖得和陽光一樣
可以離開了，隨時把手杖扔向天邊

有人在春天的草上拾到一根柴禾
抬起頭來　漫山遍野滾動著桃子

〈追日〉是《太陽和他的反光》組詩的思想核心，也是江河的詩歌世界和心靈世界的雙重縮影，其關鍵便是「太陽」意象背後的隱喻。全詩解讀之鑰，就在前三句有關英雄心理的自敘，江河在描寫夸父追日的同時，亦在描寫自己對現代史詩之夢和全新的敘事語言的追尋。朦朧詩時期的宏大敘事風格，經過一代人在數年間密集的創作之後，詩人的創作心理和大眾的閱讀心理皆日趨疲軟，原本適用於代言與立言的敘事語言，必須透過另類主題的創作來加以改變。老去的心，需要龐大的激情才能復活，語言技藝的提升也一樣。當江河擬訂出神話史詩的創作大計時，語言和心都「已經老了」，因而更有理由展開對全新的心靈境界與詩歌境界的雙重追尋（「否則他不去追太陽」）；於是他將自己的心境，投注到夸父身上，去追尋那顆「太陽」——用來激活創作心理和詩歌語言的「青春」，因為他深信可以「在血光中重見光輝，他聽見／土裡血裡天上都是鼓聲」，充滿開創性和難度的神話史詩創作，足以活化他的詩歌。這場大規模的創作，遂有了更內在、實在的追尋目標，不僅止於民族文化大業的空泛理想。同時，江河還把個人的心靈史植入夸父神話的追尋母題當中，投射在夸父的英雄轉化上面。夸父「不量力」的追尋亦成為江河「不自拔」的追尋。

另一首〈射日〉即是一段朦朧詩接受史的縮影。朦朧詩的崛起對中國當代詩壇的衝擊力和反作用力之大，恐怕是空前的，江河在寫作此詩時，剛剛度過官方詩界和地下詩界雙方大論戰的尾聲。射日，正好可以寓指崛起的詩群面對前行代詩人權威之挑戰。神話中的十個太陽，被江河塑造和定位為失控、野蠻、無知，鋪天蓋地卻亂無章法的言論力量，置於主流詩界的烈陽下被烘烤與嘲弄著的后羿，即是朦朧詩人的化身：

氾濫的太陽漫天謊言
漂浮著熱氣　如辭藻
煙塵　如戰亂的喧囂
十個太陽把他架在火上烘烤
十個太陽野蠻地將他嘲弄
他像群獸，圍著自己逡巡

團團火焰的紅色大弓
射中了他，穿過他的
生命、激情和奇遇
那破滅的年紀蕩然燒成
一片沉寂的廢墟
殘存的石頭上可辨模糊的訓言：
去除虛妄的……勿浪費火
留有最後的太陽　唯一的珍寶

他起身做了他應該做的

如今他常無形地來到中午的原野
昆蟲禽鳥掀動草波有如他徐行漫步
祝福火焰角斗中的見證者：
天上的太陽　地上的廢墟
以光結盟
熱力不得破壞。荒涼不得蔓延。
弓的神力悄然放鬆賦予花的開落
箭如別針閃閃布散於女人的頭髮
太陽吹奏號角像兵士巡禮藍天
廢墟披開殘缺的經卷肅穆陳在大地

山巔的青崖　天空的極頂
太陽慢慢旋轉
——飽滿形弓
永祭英雄輝煌的沉靜

輕量化的史詩敘事，在〈燧木〉一詩中有很細微、立體的演出。江河在偉大事件的縫隙中，解構了原有的神話，把一件文明史上的燧火大事淡化成一件輕鬆平凡的居家瑣事，使之平凡得令人錯愕，英雄的內心世界因而豐富得足以產生許多細節：

雪下了整整一夜
茅屋外小動物嘀嘀咕咕地交談
那棵獨自生長的老樹顯得矮多了
彷彿坐下來想事情
火紅的樹冠已經發白
清冷微光鑽進窗櫺
灑在粗糙的桌面
縫隙網絡的根鬚暗暗蔓延
他的額頭冰涼有如朦朦月亮
心裡鳥巢一陣陣騷亂
毛茸茸的小鳥拱來拱去
從門縫擠著搖搖晃晃走向老樹
象形文字的小爪爬滿樹身

牠們攀上去　　地吃雪花
像是傳來昆蟲翅膀脆裂的響聲
孩子們睡得正香
妻子的頭髮安詳地伏在手臂
火花躲躲閃閃地燃燒起來
細碎的爆破聲連成一片
滿樹的紅角鴞
為老樹徹夜加冕
牠們怎麼沒去南方過冬呢
詭祕的眼睛問他
彎曲的喙啼聲嘹亮
他忙把獸皮蓋住腿
一股疲憊的南風吹過全身

屋簷的水滴敲著他的胃

他抓起一根樹枝鑽來鑽去
藍色的火苗輕柔躥動

風中飄來烤鹿的味道
太陽像一隻結實的橘子懸浮眼前
天已大亮
老樹抖散頭上火紅的蝴蝶
一團團葉子流火般紛紛墜落

江河用十分平靜、抒情的筆觸，凡化了英雄，再植入、放大了某些不會出現在神話裡的次要細節。一幕充滿動人細節的溫馨雪景，以童話的氛圍籠罩著整個敘述，比起那些虛幻的偉大功業，轆轆的飢腸和寒風裡的烤鹿香味，顯得更加實在。燧木的瞬間，念頭是絕對純粹的「餓」，天地萬物，皆處於無爭狀態，連太陽看起來，都像一只結實的橘子。風雲即逝，回到現實生活的中心，曾經風風火火的詩人江河有了一些透徹的心思、超越性的想法。這想法落實到詩裡，就有了上述的畫面。

編按：江河在中國詩史上有不可缺席的地位，為存其詩，特改寫〈江河「現代神話史詩」的英雄轉化與敘事思維〉一文，所引述的詩作皆出自江河詩集《太陽和他的反光》（北京：人民文學出版社，一九八七）。

華 文 文 學 百 年 選 15

# 華文新詩百年選 • 中國大陸卷 1

國家圖書館出版品預行編目（CIP）資料

華文文學百年選 . 中國大陸卷 / 陳大為、鍾怡雯主編 . -- 初版 .
-- 臺北市 : 九歌 , 2019.12
面； 公分 . -- ( 華文文學百年選 ; 15)
ISBN 978-986-450-270-7 ( 第 1 冊 : 平裝 ). --
ISBN 978-986-450-271-4 ( 第 2 冊 : 平裝 )
831.8　　108018855

主　　編——陳大為、鍾怡雯
執行編輯——杜秀卿
創 辦 人——蔡文甫
發 行 人——蔡澤玉
出　　版——九歌出版社有限公司
臺北市 105 八德路 3 段 12 巷 57 弄 40 號
電話／02-25776564・傳真／02-25789205
郵政劃撥／0112295-1

九歌文學網　www.chiuko.com.tw

印　　刷——晨捷印製股份有限公司
法律顧問——龍躍天律師 ・ 蕭雄淋律師 ・ 董安丹律師
初　　版——2019 年 12 月
定　　價——340 元
書　　號——0109415
I S B N——978-986-450-270-7